Thomas J. Braga

COLLECTION FOLIO

Tahar Ben Jelloun

Harrouda

Denoël

Tahar Ben Jelloun, né en 1944 à Fès (Maroc), poète, romancier, essayiste et journaliste. Collaborateur au *Monde.* Thèse de doctorat en psychiatrie sociale dont il a tiré *La plus haute des solitudes* (1977). A également publié cinq autres romans : *La réclusion solitaire* (1976), *Moha le fou, Moha le sage* (1978), *La prière de l'absent* (1981), *L'enfant de sable* (1985) et *La nuit sacrée* (prix Goncourt, 1987), ainsi que plusieurs recueils de poèmes.

Harrouda
un oiseau
un sein
une femme
une sirène
taillés dans le livre.

à ma mère

1

Fass : lecture dans le corps

Voir un sexe fut la préoccupation de notre enfance. Pas n'importe quel sexe. Pas un sexe innocent et imberbe. Mais celui d'une femme. Celui qui a vécu et enduré, celui qui s'est fatigué. Celui qui hante nos premiers rêves et nos premières audaces. Le sexe qu'on nomme dans une rue déserte et qu'on dessine dans la paume de la main. Celui par lequel on injurie. Celui qu'on rêve de faire et de réinventer. Les rues de notre quartier le connaissent bien. Les murs l'ont apprivoisé et le ciel lui a fait une place. Sur l'effigie de ce sexe nous éjaculons des mots.

Nous caressons l'odeur moite que nous imaginons. Nous faisons l'apprentissage de la douleur et nous baptisons le sang dans des mains chaudes. Tôt ils ont fêté notre passage à l'âge d'homme. Réelle l'hémorragie. Réel le plaisir de la chair écorchée. Nous traversons la rue avec une nouvelle blessure et nous guettons la solitude pour de nouveaux fantasmes. Nous les collons sur une page d'écriture. Le rire. Seul le rire pour accoupler ce que nous avons osé. Rien de tel sur notre front. C'est l'innocence blanche et la douceur de l'évasion consentie. Le retour à la maison puis le silence. La simulation.

Mais qui ose ?
Qui ose parler de cette femme ?
Harrouda n'apparaît que le jour. Le soir elle disparaît quelque part dans une grotte. Loin de la ville. Loin de nos trappes. Elle rétablit son pacte avec l'Ogre et se donne à lui. Toute à lui. Sans lui faire payer le moindre râle. Nous restons persuadés qu'au milieu de la nuit elle lui échappe pour faire les terrasses. Elle surveille notre sommeil et préside nos rêves. La peur de la rencontrer seule manipule nos désirs échangés.

Nous attendons le jour en caressant notre pénis nerveux. Le matin c'est l'amnésie. Nous enveloppons le tout dans une fugue et prenons le chemin de l'exil illusoire. Mais Harrouda sort des murs. Nue et laide. Sale et ironique. L'intrigue sous l'aisselle. Elle commence par lâcher ses cheveux en avant et tourne sur place. Fait venir l'âme de l'Ogre et la transperce avec les doigts. En avale le sang blanc et se tourne vers nous, le sourire complice. Elle cligne de l'œil, serre ses seins entre ses mains et nous invite à y boire la sagesse. Le plus fou parmi nous c'est aussi le plus téméraire. Il enfouit sa tête dans cette poitrine ridée et disparaît pour surgir avec une étoile dans la main. Parfois, il arrive que certains ne réapparaissent plus. Ils sont avalés par cette chair qui ne tressaille jamais. D'autres chatouillent son nombril tatoué et s'enfuient. Eclate comme un éclair la main dessinée sur le front et les ramène. Tout en poussant des râles, Harrouda serre la tête des enfants entre ses cuisses. Les os craquent, se dissolvent. Un liquide blanchâtre dégouline sur les jambes de Harrouda. Les enfants se relèvent un peu foudroyés mais heureux de ce nouveau baptême. Ils s'en vont en chantant.

Mais le spectacle est ailleurs : lorsqu'elle relève sa robe. Nous avons juste le temps d'y croire. Le rideau est déjà baissé. Le reste est à retrouver dans nos insomnies.

Les adultes rient, la provoquent, lui enfoncent le poing dans le vagin, le retirent ensanglanté puis s'en vont. Ils la font pleurer. Nous au moins, nous lui donnons des oranges et du sucre. Elle dit que nous sommes tous ses enfants et que nous pouvons dormir entre ses jambes.

Pendant le mois du Ramadan, Harrouda se fait rare. Au nom de la Vertu, elle n'est plus tolérée dans la cité de toutes les Vertus. On la voit quelquefois sortir d'un four. Seule et triste, un peu honteuse. Elle met un haïk noir et ne parle à personne. Discrètement, elle traverse la ville en longeant l'oued Boukhrareb.

Le jeûne s'insinue dans nos matins vides, nous

propose une nouvelle nausée que nous consommerons juste avant le lever du soleil. Nos rêves censurés sont mis en instance. Purifiés jusqu'au sang, nous nous préparons pour la vingt-sixième veillée en vue d'écouter le discours des anges posés sur nos épaules.

Le jour de la fête, Harrouda réapparaît. Elle est au terme de la métamorphose qu'elle a subie trente jours durant. Elle revient dans les limbes de la différence. Elle revient dans le corps d'une vierge de dix-huit ans. Belle et heureuse. Elle traverse la ville dans sa transparence. Vole au ras des rues. Nous regarde à peine. Elle dit la fierté de sa nouvelle parure : une mémoire immaculée. A nous de boire la pureté d'un regard en suspens. Mais qui nous initiera à la lecture de la parole murmurée ? Qui nous dira la langue tatouée ? Nous abandonnons le verbe pour l'œil et la durée. Le soir Harrouda est déjà saoule. Elle a vécu. Elle vient répandre ses excréments dans les ruelles noires. Compte à rebours. Le temps joue contre elle. Chaque heure qui passe la vieillit de cinq années. Vers minuit Harrouda a accompli tous ses âges. La jeune fille du matin n'est plus qu'un souvenir. Elle jette ses dessous, défait ses cheveux, dépose la mémoire immaculée, retrace ses rides et part avec nonchalance distribuer les fantasmes. Ses seins pèsent et pendent. Elle les teint en bleu, urine debout contre les murs et sent profondément son odeur. Elle aspire de toutes ses forces l'odeur de la sueur, du vin et de l'urine mêlés. L'autre mémoire se réinstalle sous forme d'hémorragie. Les souvenirs jaillissent dans le désordre et provoquent chaos et délire. Harrouda s'en va retrouver ses maîtresses et exiger du hibou l'amnésie ou tout au moins l'arrêt des irruptions. Arrivée au seuil de la ville, elle expulse la nuit de sa gorge. Son rire fait la pluie dans le cimetière. Les morts changent de position et sont interpellés de nouveau par les anges. Harrouda va en titubant d'une tombe à l'autre. Sa peau se décolle et tombe en un mouvement lent sur la pierre. Les cheveux restent collés sur la nuque. Un liquide amer les retient. Les os se déplacent et viennent se tasser sur l'herbe humide. Elle a juste le temps de vomir le dernier rêve. Il est bleu. Comme la mort, il est bleu et transparent. Il est rouge. Comme le ciel, limpide et censuré. Les images qui défilent en bande sur son front sont versées dans sa bouche ouverte. Le printemps dans un corps. L'algue dans la bouche. Des dalles sur la poitrine. La mer en échange. Le chant à l'aube. La voix plurielle. L'instant séparé. L'acte en couleur. L'oiseau qui s'éteint. Les veines se vident. Seule la tête reste en place. Elle tient à peine. L'œil ouvert. Le cri imprimé. La décomposition simulée. Témoignera la lune.

Harrouda se relève, ramasse ses membres dans un sac et part rejoindre l'Ogre qui prépare la guerre. La guerre qui s'infiltrera par toutes nos déchirures.

Nous avons attendu longtemps avant de revoir Harrouda dans nos rues. Il faut dire que nos parents nous enfermaient. Les portes scellées. A double tour. Depuis que les étrangers sont descendus dans la ville, nous n'avons plus le droit de dépasser le seuil de la maison. La peur. La peur de recevoir une balle perdue. La peur d'être piétiné par les manifestants. La peur d'être emporté par les sbires de l'Ogre. La guerre est ailleurs. Les adultes collent l'oreille sur le poste de radio, écoutent « radio-Le-Caire ». Guerre ou résistance, les jours n'en sont pas moins altérés.

Harrouda est revenue enveloppée dans le drapeau. Elle a emprisonné l'Ogre et délivré les enfants. Digne et fière, elle marche sur les toits. Sur son front une étoile tatouée. Un jour nous l'avons suivie jusqu'à la rivière. Elle traînait son corps et crachait du sang. Nous l'avons vue se débattre contre une ombre, puis elle a disparu dans un tourbillon. Nous sommes restés impuissants dans notre attente. Elle n'a pas réapparu. Elle a été emportée.

La nuit nous dormions sans rêver. Harrouda ne faisait plus les toits. Nous étions déjà orphelins. Notre première éjaculation tremblante remplissait notre main. Nous versions le liquide dans un petit flacon. Le flacon ne suffisait plus. Nous prîmes une bouteille. La bouteille ne suffisait plus. Nous prîmes une jarre, jusqu'au jour où nous décidâmes de disparaître dans la jarre.

La jarre donnait sur un jardin. La grande variété de fleurs, d'oiseaux et de reptiles qui nous accueillirent nous fit oublier Harrouda.

Notre fugue ne dura pas longtemps. Nos parents avaient alerté tous les habitants du quartier, qui participèrent aux recherches. Un homme (berrah), haut-parleur ambulant, avait été engagé par les familles. Il circulait dans la ville, faisant appel à la population. Nous préférâmes rentrer de nous-mêmes, d'abord parce qu'ils ne nous auraient certainement pas retrouvés, et ensuite nous espérions par là atténuer le châtiment qui nous attendait.

En fait, il n'y eut pas de châtiment ! Ils décidèrent cependant de s'occuper sérieusement de notre éducation : ils nous envoyèrent chez le vieil homme de l'école coranique.

Nos rêves allaient prendre une nouvelle dimension. La disparition de Harrouda coïncida avec l'acquisition d'un langage neuf. Les mots étaient relégués au second plan. Le corps devint notre première parole sensée. Ce discours allait semer le trouble chez le vieil homme et ébranler l'enceinte de la petite mosquée.

Il nous invitait à venir nous suspendre à sa barbe pendant que sa langue tatouée par le mensonge faisait le tour de ses lèvres. Il nous disait :

« *Venez mes enfants, je suis votre père, votre tuteur, votre protecteur ; je suis votre maître et un peu plus. Je suis la droite parallèle à vos désirs. Venez sous ma jellaba : vous y découvrirez le jardin des mille et un délices. Vous y trouverez merveille et un peu plus. Vous n'avez qu'à tirer sur ma barbe. Elle est de fibre de laine pure. Tirez et vous verrez mon ventre s'ouvrir et avaler vos caprices mêlés à l'encens de La Mecque. La miséricorde sera votre partage. Les délices qui couleront de vos veines ne seront que parabole de l'apparence. Vraies et tendres, elles croiseront le jour dans ma main étalée. Venez mes petits, ma jellaba sera votre demeure. Vous n'aurez plus à vous cacher dans la jarre. Ma jellaba vous contiendra tous. Apprenez que sa laine vient d'Arabie, tissée par l'innocence des vierges dans l'oasis épargnée. Apprenez qu'elle a été lavée à Agar dans l'eau qui murmure. Elle me protège de tous les sarcasmes. Elle vous protégera contre la malédiction du Diable. Sa lumière vous donnera le vertige. Fermez les yeux et venez vous blottir dans ma chair à la fin de chaque prière. Elle ne restera plus enceinte de vos désirs. Elle ne portera plus aux cieux la complainte de ma solitude. Venez et fermez vos corps au mal qui colore le souffle de la ville...* »

Blessés dans le corps, nous retournâmes la parole au visage de celui qui possédait le Livre et le Hadith, celui qui présidait les cinq prières et nous gardait dans la défaillance du temps et la décomposition du verbe retenu à haute voix. Litanies qui tournaient sur elles-mêmes dès que le mécanisme était déclenché. Il suffisait d'une syllabe ou d'une image pour l'éclatement du discours. Nous possédions la technique et l'initiative. Nos parents ne pouvaient soupçonner qu'en nous jetant tous les matins dans un coin de la mosquée, ils nous incitaient à apprendre le délire collectif, à fendre le réel avec nos petits sexes nerveux, à découvrir le mensonge sacralisé et à apprendre la haine à travers une histoire semée de fils barbelés pour la différence essentielle rapportée dans soixante chapitres d'une logique implacable.

On s'amusait. On découvrait la parodie et on exigeait la complicité du ciel. On découvrait l'hérésie dans une insouciance douce et amère. On n'osait pas blasphémer dans les rues, mais on procédait sous le regard équivoque du vieil homme, dans la joie et le rire, à la courbature d'une mémoire millénaire. Une mémoire qui se donnait verset par verset dans la crainte du refus. Elle était cependant mal servie par ce vieillard corrompu qui trouvait en elle sa subsistance ainsi que la légitimité de sa folie mesquine. Le sexe patriarcal était érigé à chaque fantasme trahi. Il croyait en notre innocence. Le pauvre homme ! L'innocence, nous la laissons là-bas. Dans le ventre de la mère. Tout au plus elle reste suspendue au cordon ombilical jusqu'au jour où elle tombe en lambeaux desséchés. L'innocence nous la laissons aux autres, à ceux qui en parlent dans les livres. Nous n'y avons jamais cru. Chose rare enveloppée dans de la soie. Bague magique jetée dans l'embrun du souvenir. Très tôt, on se frotte contre un réel effrayant. On ouvre portes et fenêtres sur une muraille de granit. On mange du calcaire et on se tait le soir. Les murs témoignent. Ils parleront. On ne dessine pas des fleurs ou des oiseaux. (D'ailleurs nous ignorons les noms qu'ils portent.) Avec un morceau de charbon, on fait des miracles sur les murs. On dessine des femmes avec les touches de nos premières perceptions. Des sexes immenses aux dimensions de notre imaginaire. Des coïts par-delà le délire et la folie. Sperme et sang mêlés au bout d'un poignard qui traverse un corps. Femmes ouvertes. Femmes à visiter sur des rivages nus.

Combien de fois avions-nous surpris les ébats

clandestins d'un chien et d'une chienne et avions déposé nos yeux de voyeurs pervertis au seuil de la honte. On exigeait le drame et la scène. On ne se contentait plus de nommer le sexe, on le gravait dans la rue et on le recherchait dans les jeux de terrasse qui n'étaient pas des jeux. On initiait les cousines. On le proposait comme cadeau. On le frottait contre des seins naissants. On le déposait entre des reins endormis.

L'injure était facile et l'honneur n'était pas un mot.

Le vieil homme nous faisait pitié. Mais personne n'osait l'avouer. Nous avions décidé de maintenir notre complicité et d'aller jusqu'au bout du défi. Notre imagination (maîtresse de notre pouvoir) nous lançait des clins d'œil en vue d'argenter la mémoire future. Nous voyions le vieil homme gisant dans son ignorance face à notre répugnance et notre méchanceté. Nous le laissions parler du prophète et de ses compagnons. Aucune imagination ! Pas même un délire inconscient ! L'éternel retour du verbe et du mesquin. Un discours cousu qui ronronne au fond d'un puits. Il arrêtait le ronron pour introduire une pincée de tabac en poudre dans son nez. Il lui arrivait parfois de perdre son doigt dans le trou du nez. En éternuant, il pouvait le récupérer. Nous lui permettions des instants de répit et de sommeil volé. Quand nous faisions le silence, c'était par tactique. L'idée du meurtre était devenue notre principale préoccupation. Nous conjuguions notre malice dans l'apprentissage de la violence. Nous débarrasser du vieil homme ! Le renvoyer au ciel avec notre bénédiction. Nous tenions plusieurs « conseils de guerre » dans le quartier sous l'assistance des étoiles. Nous passions en revue les propositions des camarades :

— Le pousser dans la fontaine pendant qu'il fait ses ablutions ?

(Non ! il ne risque pas grand-chose. A peine une fracture !)

Proposition rejetée à l'unanimité moins une voix.

— L'enfermer dans les toilettes et lui envoyer une vipère qui lui arracherait l'anus ?

(Idée séduisante ; mais comment se procurer la vipère ? Et même si nous avons une vipère, il faudra la dresser.)

— Lui donner à manger un pain saupoudré de D.D.T. ?

(Il s'en rendra compte, d'autant plus que ce produit dégage une très forte odeur.)

Proposition rejetée.

— Lui couper le nez...

Le jeudi fut le jour choisi. Le jeudi, parce que c'est le dernier jour de la semaine. Jour où nous pouvions contrôler notre extase. La veille de vendredi, jour des croyants, jour des fidèles, jour de prière. Le jeudi c'était aussi le jour de l'écriture sur la planche. Libre exercice graphique sur la planche polie en vue de couronner le temps de l'apprentissage et de la miséricorde.

Blasphémer une fois. Blasphémer deux fois. Il fallait d'abord libérer nos fantasmes par écrit. La parole ne suffisait plus. Nous ne croyions pas encore à ses effets. Les planches se fissuraient sous la trace des obscénités. Nous ne pouvions plus arrêter le délire. Il nous dépassait et s'articulait en parabole chaotique. Notre rire frénétique nous trahissait. Les dessins pornographiques s'animaient sous nos yeux pendant que nous faisions semblant de réciter les versets du jour :

Architecte des cieux et de la terre, lorsqu'il veut donner l'existence aux êtres, il dit : Soyez, et ils sont. Sa parole est la vérité. Roi du jour où la trompette sonnera, il connaît les choses secrètes et publiques, il possède la sagesse et la science.

Des fleuves de miel se superposaient sur des seins géants ; la demeure éternelle s'imbriquait à travers des phallus ouverts pendant que nous jubilions à l'approche de l'instant prévu. Le vieil homme nous invita d'abord à la prière de quatre heures. Nous le suivîmes en silence. La prière fut courte, mais certains gestes trahissaient notre impatience. La séance se termina par un appel au recueillement. Le vieil homme leva ses mains jointes et s'adressa au Seigneur, implorant sa bénédiction et sa miséricorde. Il nous réunit ensuite pour le discours hebdomadaire :

« *Venez mes enfants, je suis votre père, votre tuteur, je suis votre protecteur, votre maître et un peu plus... Je suis la droite parallèle à vos désirs...* »

Nous levâmes les planches fissurées et les lui jetâmes au visage. Ce seul geste avait suffi. Précis et efficace. Il y avait déjà du sang sur nos mains. Le vieil homme gisait dans une mare de mensonges dissous dans les déchets d'une vie indéfendable. Il balbutiait quelques prières et nous regardait avec des yeux tristes. Sa tête fracturée libérait toutes les souillures qu'une certaine vertu pouvait cacher. Il y en avait de toutes sortes. Des voix lointaines de femmes noires attestaient. Nous n'étions pas seuls. Le vieil homme se releva et se dirigea vers le fond de la cour. Il descendit dans le puits et disparut.

Le retour à la maison fut pénible. Nous n'avions plus envie de jouer dans la rue. La fatigue gagnait notre front. Nous nous sentions responsables et heureux. Mais nous étions exténués et la fièvre montait. Notre sommeil fut agité. L'image du vieil homme s'imposa à notre discours. Tout de blanc vêtu, il portait le deuil et nous menaçait, le glaive à la main. Son cercueil avait des roues et se déplaçait de maison en maison, faisant la « tournée des petits » qui en étaient à leur premier cadavre. Il tenait son sexe d'une main et le glaive de l'autre et répétait : « Je suis votre père, votre proproprotec... la droiiiiteee... papapararallèle à vos désdéz-dézzzzz... »

La mort du vieil homme fut annoncée officiellement à la fin de la prière du vendredi :

un homme vertueux a été rappelé par le Seigneur dans des conditions mystérieuses. C'était un homme tout près de la vérité. Il a pris le chemin du puits. C'est un chemin sombre. Chemin des ténèbres. Nous prions aujourd'hui pour que Harrouda-la-sorcière, la concubine de Satan, ne lui tende pas de piège. Elle rôde encore sous nos foyers. Ce vieil homme a péri des suites de la malédiction de Harrouda. Il a été emporté par le mal qui nous menace. Un homme honnête et doux. Un homme qui aimait tant les enfants ! Nous avons pour nous la foi et la vertu ; telle est la force qui arrivera à démasquer la sorcière et lui infligera le châtiment qu'elle mérite. Nous savons qu'elle se nourrit du sang neuf des jeunes filles.

Prions ! Prions !

C'est ainsi que nous changeâmes de maître et de protecteur.

Elle était jeune et belle. Elle venait de loin. Une

étrangère. Une infidèle. Une nazarienne venue apporter une tasse de raison à notre fièvre, une couleur douce à notre délire. La jeune femme prit la place du vieil homme dans nos préoccupations quotidiennes. Nous accédâmes à un autre décor, à une nouvelle promotion. Nous n'allions plus à la mosquée mais à l'école.

La dame portait une jupe. Nous étions persuadés qu'elle n'avait rien en dessous. En quelques mois seulement, elle allait vieillir, car un jour elle nous dit de sa voix douce et chantante :

« Venez mes enfants... je suis la droite parallèle à vos désirs... »

Du puits nous parvenaient les signes d'une vie parallèle : nos rêves n'étaient que des bulles qui butaient contre des corps indifférents, des corps vides qui annulaient le sens de notre écriture. Nous étions sans durée. Notre langage était un vol opéré à travers les ambiguïtés du discours ancestral : nous procédions par détour.

Je suspends le sens et ouvre la page de ma première illusion. Texte parallèle/ texte mobile/ vol :

Vie parallèle.
Paralysie de la mémoire.

Je ne voulais pas briser les parois du bocal et sortir dans la rue sans masque. Je reculais dans l'âge. Je m'y installais et m'y enfonçais avec délice. Qui pouvait soupçonner la couleur de mes désirs perfides ?

La tête à l'envers, je suivais ma mère au bain maure. [Espace chauffé, compartimenté en fonction de la résistance physique de chacun, interdit à la lumière (la censure), habité par des êtres invisibles, propriétaires sans conteste des lieux ; le vol dont je rends compte a été opéré avec leur complicité.] Les créatures qui venaient se purifier dans cet espace consentaient à le faire dans l'obscurité. Il fallait préserver la coexistence des intimités sans donner lieu à un voyeurisme collectif ni provoquer un délire malsain. Je circulais de compartiment en salle avec une lanterne entre les yeux. Je me perdais souvent entre les jambes des femmes mais je ne tardais pas à me retrouver dans l'étau d'une folle. Elles exhibaient leur laideur avec une nonchalance déconcertante : leurs doigts traçaient des signes vagues sur le mur noir. A l'instar du vent sur les sables, la chaleur effaçait les bribes de ce langage. Leur nudité était recouverte d'une légère mousse de savon et leur chevelure collait en traînées lentes sur des poitrines fatiguées. On pouvait étouffer ou partir progressivement vers le rivage du silence qui suit l'asphyxie. C'était une éventualité. Mon voyage parmi les corps à la recherche du bleu du ciel m'ennuyait et me donnait la nausée. Les ventres balançaient, tournaient comme dans un manège. C'était déjà le vertige. Tout se mêlait sur l'écran de ma vie parallèle : présence phallique du désert, des oranges piégées, des phrases de poils rejetés, des gouttes de vapeur salée et un immense wagon emportant ma solitude vers d'autres confins. Mon corps était trop étroit pour contenir l'ensemble des signes qui assiégeaient les lieux. Je décidai de me retirer et d'organiser mon voyage autrement. Je voulais supplanter les êtres visibles (les maîtres), et agir directement sur le déroulement des choses dans cet espace clos : faire du bain mon espace et le lieu de mon voyage. Je préparai minutieusement les mélanges d'encens ; j'y ajoutai quelques épices, des pelures d'orange séchées, un morceau de cannelle ainsi que des écritures diffuses. L'idée de me voir refoulé à l'entrée du bain me faisait peur. En effet, je sentais que le temps ne tarderait pas à échapper à mon emprise. Il pouvait, d'un moment à l'autre, reprendre son cours, me trahir, m'obliger à abandonner le bocal en révélant l'écriture d'un destin fourbe. La fumée des encens devint voile/ générique du voyage.

La dernière séquence :

Il fallait se confondre avec le silence, passer inaperçu à travers la fêlure du soupçon. Je n'eus pas besoin de voile pour franchir la porte d'entrée ; la concierge était emportée par les prémices d'un rêve, la tête entre les seins. Je sentais déjà naître en moi le pouvoir de déclencher la séquence. Je n'avais pas de baguette mais il suffisait de souffler sur le cendrier de mes encens. D'un seul trait je fis la lumière du jour et divisai la trace féroce de mes rancunes. Noires et ridées, les femmes, mes femmes, se coloraient à l'approche de mes désirs, écartaient des doigts la toison tiède de ma hantise. Elles m'arrachaient dans ma fuite heureuse, m'arrosaient de l'eau douce de leur extase, m'offraient des clefs, signes d'une nouvelle démence. Lieu sans régence. J'y épelai d'autres textes, d'autres mers. L'oiseau taillé dans le Livre répondit à l'appel. Il fendit l'air dans la transparence des regards noués. Mes pouvoirs multipliaient les signes et installaient le jardin argenté. La laideur fut emportée par l'indigence du verbe. Je décidai l'âge et détraquai le temps. C'était l'époque où la ville devint maquette : je collais les maisons, j'embellissais les jardins, je chassais les voitures, je cassais les fauteuils roulants, je libérais les oiseaux et colorais le ciel. J'étais devenu maître de la ville. Je tirais sur des ficelles. Les étoiles devaient laisser une empreinte sur ma terre ; elles venaient s'éteindre dans la foule en délire pour renaître dans le corps des damnés. Elles respiraient dans des cages en cristal ou en verre. Voilées. Elles promenaient l'intrigue avec leur sillage, m'aidaient à déformer les miroirs et démolir ce qui subsistait encore des maisons et des grottes. Le bain maure était devenu une maquette entre mes doigts. Je plaçais les femmes au bord de la blancheur, au bord de la verdure. A l'appel de l'écume lointaine, elles devenaient amantes et voyageuses. Le songe battait des cils. Et moi j'entendais gémir la progéniture du Diable emportée sur la rive glaciale. Je sus que plus jamais il n'y aurait de plaie. Qu'une onde. Flamme ou vague serait chargée de transporter la part de l'amour. Je sus l'éveil, seul le rêve notre terre seul l'espoir et qu'enfin seule la clarté seul l'oiseau blanc et qu'enfin le ciel seule la main infinie de l'enfant seuls l'œil et le rire en diadème sur front de nuages réconciliés... Je sus que plus jamais il n'y aurait de nuit pour notre soleil et que les étoiles brilleraient dans chaque main tendue, referaient le jour à perpétuité dans nos cœurs en transe pour une mémoire qui frémit et un silence qui prend le large. Je sus aussi que plus jamais je n'aurais tant de créatures entre mes doigts. Je circulais d'un corps à l'autre, d'un corps l'autre. Je buvais le lait de leur bouche. J'avançais ma nudité dans des sexes qui murmuraient mon délire et j'appris la chair rose mon miroir où seul l'œil est visible. Je lisais dans les plis du front. Paumes. Bras. Nombrils. Je me donnais au vent. Arrivé aux reins, je sus que c'était la fin du voyage. Je m'étourdissais. Je n'étais plus pivot du manège. Je devins une de ses cases et je tournais avec toutes les femmes. Bouche ouverte j'avalais des touffes de cheveux. Ma langue retenue, il me restait les yeux qui se posèrent quelque part, loin, là où il y avait horizon. Un vent froid traversa les corps et emporta la lueur qui sortait de mon front. L'encens n'avait plus d'effet. Le jardin pâlissait et retrouvait les teintes sombres du bain. On me rendit les ténèbres. L'odeur moite du sperme collait à la naissance des cuisses, le savon noir de barbarie, mêlés à la chaleur épaisse que dégage la braise du four adjacent.

En quittant la chambre maure, je portais en moi un siècle de lassitude et l'empreinte de ma première désillusion. J'étais retombé dans une logique de charcutier. Je rentrai à la maison avec une mémoire qui ne me contenait plus. Elle débordait de partout. J'arrivais à peine à marcher. J'avais mis un peu de désordre dans les corps. J'avais déposé un peu d'espace dans les boîtes crâniennes. J'étais fatigué.

Les femmes sortaient du bain avec le sentiment étrange d'une nouvelle culpabilité : il ne leur était même pas possible de la localiser, encore moins la justifier. Elles se sentaient toutes traversées par le même corps frêle et menu qui avait organisé l'orgasme collectif. Elles rejoignaient leurs époux avec la nostalgie insaisissable de la fureur et du rêve. Possédées, elles supposaient qu'un démon les habitait. Certaines refusèrent ensuite de se donner à leur mari. D'autres essayèrent de revivre toute la folie de leur désir avec d'autres femmes.

Cette nuit fut pour moi le lieu de la plus désespérante insomnie. Je sortis dans les rues à la recherche de la mer et du jour. Je dialoguais avec les ombres et conclus un pacte avec une série de nouvelles illusions.

Le désordre et le rêve avaient pris des proportions insoupçonnées. La ville n'avait pas encore oublié la disparition du vieil homme. Harrouda fut accusée de nouveau. Les notables refusaient de croire que la perturbation naissait des desseins de leur propre progéniture. Ils oubliaient aussi qu'ils n'étaient plus des notables : certains avaient déjà déménagé...

Quelques jours plus tard ma mère me fit comprendre que je ne pouvais plus l'accompagner au bain. Mon père me prendrait avec lui. J'étais devenu un homme.

Pas tout à fait Me manque un texte.

Pour le baptême on égorge un mouton : le sang doit couler dans le sens du levant. On nomme par le sang. Au seuil de la vie : la cendre/ le sacrifice.

Pour la circoncision on ne nomme pas ; on délivre l'âge d'homme ; un passeport pour le devenir de la virilité. Un signe trouve son espace à l'intérieur d'une autre violence : lecture des choses.

Il fallait lire dans le sang qui coulait entre mes jambes tremblantes et en dégager un nouvel appel.

J'ai cru que je l'avais perdu, que j'allais être sans. On me l'avait bien dit. On m'avait prévenu : « L'enfance, me disait une voix, doit cesser un jour. Elle ne peut durer. Tu l'as consommée dans les rues et les bains maures. Arrive un moment où il faut la quitter. Tu verras, ça passe comme un éclair. Et surtout ne nous fais pas honte ; pas de panique ! Pas de peur ! Pas de larmes. Tu arrives à l'âge d'homme et tu passes par le droit chemin de l'Islam et de la pureté. En fait on va te débarrasser de toutes les impuretés que tu as accumulées durant ton enfance. Elles se sont ramassées et tassées dans ce morceau de chair à couper. Tu ne sentiras rien. Il y aura autour de toi bruit et fête. Sache retenir sang et larmes. Pense à autre chose pendant l'instant décisif. Imagine que tu es un oiseau ou une fleur. Fais-toi absent... un signe insaisissable. »

On me l'avait bien dit et je n'avais pas cessé de reculer au fond de mes premières obsessions. Mon imagination débordait. Elle me dépassait et sortait sur mon visage sous forme de petits boutons rouges ou cendre. Parfois elle aiguisait mon regard et venait chatouiller mon pénis juste pour me donner un avant-goût de la douleur. Je passais le temps avec un ange mélancolique qui ramassait tout objet tranchant. Rien ne fut épargné, pas même les miroirs. Et puis il n'y avait pas que mon imagination. Il y avait aussi ma cousine, frêle et pure. Elle me taquinait tout en jouant avec mes testicules. « Je suis née sans, me disait-elle ; et on te le coupera à partir de la racine ? Le pauvre ! mais il faut résister, il ne faut pas te laisser faire. Au moment où il s'apprêtera à te le couper, tu urines sur son visage ; ou si tu veux, je pourrai me déguiser et prendre ta place ; il sera bien déçu quand il ne trouvera rien à couper ! » Elle riait et m'agaçait avec ses histoires. Je voyais partout des lames manipulées par les doigts invisibles.

Je classe ces moments dans la nébuleuse de mon âge et je ne garde que la grosse griffe du massacre. Un viol dont j'emplis le visage et le ciel ; une brûlure du sang qui laisse des trous dans la peau. Et je nomme l'aurore d'un jour ou d'une vie face à la cisaille, l'air parfumé par l'encens funèbre et doux. Encens importé de La Mecque. Il a la vertu de nous rapprocher de Mohammad, de nous rassurer et d'emplir notre corps du parfum du paradis. C'est un bon présage ; utilisé aussi bien pour célébrer l'union de deux corps que pour les accompagner à leur dernière demeure. Il n'y avait même pas un voile de fumée ou de brume pour protéger mon cri où cheminait le délire prémédité. Je parlais en ces instants où mon corps était suspendu dans le vide de la mer et de l'algue verte. Ainsi entre le bruit et la lame demeurait l'idée de la mer où je berçais un nouveau rêve pour dissiper la douleur.

Paroles d'ambre et chants hideux pour raccompagner la cellule blessée : qu'elle sèche au soleil et qu'on n'en parle plus ! qu'il endure, il ne sera que plus homme ! Voilà la virilité : il faut la gagner, la mériter pour mieux l'apprivoiser et l'offrir sur le marché.   au commencement la mutilation.

L'arrivée du coiffeur-exécutant fut annoncée par la fanfare au moment même où on m'expliquait que le fer « m'emporterait » (me volerait à la douleur) et peut-être que je ne sentirais rien. Je n'y verrais que de la buée. Le sang serait hypothéqué. Je partirais dans le cortège de l'absence avec des signes dans le vague du regard. Les jambes écartées, je me laissais faire. Le coiffeur-exécutant tirait sur mon pénis froid. L'ongle du pouce droit y laissa une marque et puis ce fut la coupure. Une seconde. Le temps de vous arracher quelque chose. J'encadrai ce laps de temps et me l'appropriai. Il n'était pas dans le temps des autres. J'étais le seul à le connaître et à en jouir. Je l'ai d'abord vidé. Plus de coupure. Plus de sang. Plus de fête. J'avais une seconde du monde et je pouvais la prolonger, la colorer, la retenir, la mêler aux bribes de la mémoire. Je retrouvais le visage pur de ma cousine dans une complicité heureuse. Nous ne parlions pas. Nous échangions notre nudité, notre différence dans l'onde qui traverse les corps.

Pour les autres, ceux qui étaient présents, venus de partout reconstituer la famille, ce fut un simple évanouissement. Chose normale, chose souhaitable. Je les entendais dire : « Il s'est évanoui ; il est parti ; il va revenir ; c'est le choc de la peur ; tant mieux, il ne sent rien... »

J'ai aimé cette absence. Je survolais la maison dans un brouillard épais. Les bruits devenaient lointains et inintelligibles. Ma perception confondait tout ce qui pouvait encore me parvenir. J'eus le temps de penser et de me dire : c'est peut-être ça la mort ! cette absence involontaire qui nous coupe des autres. Elle est douce et calme. Elle est peuplée d'étoiles et d'anges. Les bourreaux étaient ailleurs. Je savais tout sur la mort mieux que n'importe quel adulte. Je redoutais cependant ses agents : les laveurs, les « habilleurs », les « enterreurs », les « prieurs », les « pleureuses »... Comme une planche. Le corps devient comme une planche, me disait-on. Froid comme du marbre. Dans mon voyage, j'étais tantôt planche tantôt marbre. Et je survolais les maisons de la ville. Alors la mort ce n'est pas la ténèbre ; ce n'est pas le feu ; ce n'est pas le châtiment suprême. C'est une certaine douceur ; c'est presque un poème. Avec ma cousine c'était plus beau encore. Une claque sur la joue mit fin à la seconde volée au monde. Je revins de mon voyage.

On ramassa le prépuce et on le mit de côté.

Le soir, je pris conscience que mon corps venait

d'être amputé de ce qui faisait de moi le mâle fier. Je devais m'adapter à une nouvelle existence, celle d'un corps diminué, mutilé, castré. La chose s'est détachée. Les gens venaient nombreux m'offrir un soutien pour ma solitude. Ils me comblaient de friandises : des bonbons, des chocolats, des pièces de monnaie, des rêves empruntés, bref tout un lexique compensatoire qui devait se dissoudre dans le vague du moment.

On me dit, pour me consoler, que l'exécutant s'était donné beaucoup de mal et que tout s'était bien passé. Il avait évité de justesse l'hémorragie. Mais je ne pensais plus au sang coagulé sur ma chair ; je ne pensais plus à l'ouverture opérée dans le bruit et la fanfare. Je tendais la main désespérément pour mesurer ce qui subsistait encore de mon pénis. Ma main ne rencontrait qu'un trou douloureux.

j'étais déjà sans

Je décidai de récupérer ce que le sang avait drainé.

La nuit je sortis par la fente d'un mur. Enveloppé dans un drap blanc mais taché de sang je courais dans les rues désertes. Je réussis au petit matin à réveiller le coiffeur. Il avait l'air perplexe et gêné. Le sommeil avait teint son visage en jaune. Je lui dis que tout ce que je désirais c'était récupérer mon pénis sans scandale. Il me fit entrer dans sa maison chancelante au seuil de laquelle un œil blanc, un immense œil blanc était suspendu. C'était l'œil blanc de la mort. La mort parfumée. Il se balançait comme un pendule, butait parfois contre des portraits d'hommes politiques et de chanteurs égyptiens. Il n'y avait presque pas de meubles. Seul, au fond de la pièce, un grand lit que le coiffeur partageait avec son apprenti. Il me montra sa collection de prépuces, collection qu'il avait entamée vers les années trente. Ils étaient conservés dans une boîte en verre, comportant chacun un signe et une légende. Il devait avoir un fichier soigneusement entretenu. J'eus un geste de répulsion et de peur quand la main froide de l'œil blanc vint se poser sur mon épaule. Il renvoya l'œil blanc à l'autre côté de la chambre et se mit à prier. Il me demanda de quitter les lieux et de le laisser dans sa solitude. Je menaçai de crier et de réveiller les voisins. Il décida de passer aux aveux. Il m'expliqua qu'il avait cessé de collectionner les prépuces et que depuis un an, il s'était mis à garder chez lui les pénis de certains enfants circoncis.

« *Toute ma vie se lit dans cette rangée de petits sexes ; je les ai collés sur cette planche coranique, cette vitre les préserve de la chaleur, de la poussière et du froid. Ils sont l'objet de mon adoration. Ils sont tout ce que je possède. Dans mes moments de solitude, je me mets à genoux et les suce un par un. Ma salive s'est révélée salutaire pour leur conservation. Depuis que j'ai perdu le mien chez une vieille sorcière, je ne suis plus le même. J'ai besoin de le retrouver quelque part. Je vais te rendre le tien, tu le mérites ; tu es un homme : tu es venu le réclamer. »*

Il me fit jurer de ne rien révéler et me rendit mon bien. En sortant je fis un clin d'œil à l'œil blanc de la mort et m'enfuis dans les premières lueurs de l'aube.

Quelques semaines plus tard, au cours de ma première aventure, j'étais englouti par le tourbillon d'une femme qui m'avait ouvert ses jambes.

La mémoire totale (haute dans les profondeurs) est hors du langage. Seule est possible une lecture déviée. Elle est visionnaire et se situe par-delà le réel. Cependant le parallèle textuel n'est pas imaginaire ; il s'inscrit (s'écrit) dans le même corps. Ce corps s'est peut-être morcelé (multiplié ou divisé), mais il a gardé intactes ses cicatrices (tatouages), son étendue et son regard. Il cesse de (se) citer, il trace.

Lecture de l'autre étendue.

Lire Fass[1].

Remonter l'axe spatial d'un oued, axe de la symétrie insoupçonnée qui écrit deux villes sur écran de terre rouge avec l'encre blanchâtre et le résidu gris.

J'ai décidé que ces deux villes sont jumelles parce que séparées dans une même identité par la teinte différente, même si elles se confondent et s'interpénètrent en un lieu circulaire, lieu de la rencontre initiale, espace figé dans l'étreinte du saint, fils d'un martyr. On a dit que ce lieu permet la réconciliation de l'homme tourmenté avec la sagesse du saint Moulay Idriss. Dire illusoire.

Combien de fois nous avons surpris le dialogue des deux cités à travers les prières que nos mères adressaient à Moulay Idriss ! Ces prières étaient

1. Fass est la transcription arabe de Fès.

dites en marge de l'invocation religieuse, en marge du devoir vis-à-vis de Dieu et de son prophète. Elles parlaient de la vie quotidienne, elles parlaient de leurs déboires et de leur espérance. C'était le seul recours possible (permis ; toléré) pour nos mères dans le lointain de leur solitude : parler à Moulay Idriss. Se confier. Verser le cœur qui déborde dans les mains ouvertes du saint. Il ne restait jamais silencieux. Il se manifestait par bribes dans leurs rêves. Mais les corps se sont fermés sur ces textes.

Aujourd'hui que les deux cités perdent leur différence, aujourd'hui que l'oued se retire et installe ses rives entre les hanches de Harrouda, nous assistons, emmurés dans l'enfance menacée, au spectacle de la mort blanche qui sort trempée de la fontaine de Moulay Idriss.

La mort blanche ouvre la tombe :

Le saint intact se relève, irradiant la clarté et la lumière. Son regard a suffi pour jeter dans une cécité soudaine et éternelle les infidèles, ceux qui n'ont pas cru à sa résurrection et qui s'étaient livrés au sarcasme. Ils ont payé de leurs yeux le doute et l'ironie. Ils se sont retirés dans la salle d'eau du mausolée pour méditer leur blasphème.

Il y eut un silence. Un silence qui couvrait les prémisses de la grande violence sous la chevelure ondulée du saint. Pour cacher notre stupeur, nous

nous sommes prosternés sans oser croire à la-suite-en-mirage qui nous tournait le ventre.

Un enfant quitta les rangs et alla déposer le matin entre les bras tendus du saint.

Ce fut le pardon.

En fait le pardon fut aussi la fin d'une légende. Moulay Idriss n'est jamais mort. Il était le fondateur d'une cité et proche descendant du prophète. On le classait dans la catégorie d'hommes intouchables investis d'un pouvoir au-dessus de toutes les contingences. On lui rendait visite. On lui parlait. On lui proposait des marchés pour obtenir sa bénédiction. On le tenait au courant de la tournure des événements. C'est ainsi que Moulay Idriss a toujours habité nos foyers. Parfois, on le déléguait auprès du prophète (avec lequel certains le confondaient souvent) pour veiller sur nos actions. On le consultait sur le bien-fondé de nos décisions. On savait qu'il ne pouvait nous répondre du fond de sa tombe. Et pourtant on continuait à s'entretenir avec lui. On attendait la nuit pour écouter sa parole. Le rêve devenait le lieu de sa manifestation ; notre communication se trouvait médiatisée, gardée au secret, protégée du viol. Elle avait le caractère confidentiel. Son discours était celui du symbole. Le réel à peine évoqué. Le matin on lisait les bribes de ce discours et on essayait de les intégrer dans nos activités. La morale trouvait une nouvelle source. C'est ainsi qu'il est resté vivant, alimentant notre imaginaire et dissipant nos angoisses. Il est normal qu'il se soit relevé de sa tombe intact, rayonnant et serein.

A présent qu'il est exclu de la marge du rêve, il va falloir l'écouter, lui qui n'avait pas cessé de nous écouter des siècles durant. Il va falloir agir avec lui ou le quitter et tomber dans la cécité. Son corps est revenu parmi la foule. Il atteste le passé et retourne le présent.

La lecture de Fass se fera à voix haute en travers d'une dernière blessure : celle de l'enfant qui offrait à Harrouda du pain et du sucre.

Il n'avait pas la mer.

Aujourd'hui, il vous donne une orange dans un nuage.

J'ai planté une orange dans un nuage et j'ai cru possibles la mer et le rêve. J'ai eu à lire le texte éphémère du désert. J'ai attendu. Le vent est passé sur les dernières syllabes.

Il a fallu que je porte en moi la ville pendant plus d'un millénaire, que je rêve et dise son énigme, que j'arpente les chemins de l'exil pour croire enfin qu'elle n'est plus qu'une illusion à saper avec l'astre provocateur.

Je l'ai d'abord vidée. Sans mal. Les hommes l'avaient déjà quittée. Seuls quelques vieillards s'obstinaient à vouloir mourir sur le lieu de leur naissance. Ils avaient incrusté leurs doigts meurtris dans le marbre de Moulay Idriss. Ils avaient décidé de consommer l'héritage de l'Imam jusqu'au dernier souffle et se nourrir du parfum lointain de La Mecque dans la parodie du verbe. Quand on s'approchait de leur visage, les rides du front s'ouvraient et libéraient la parole retenue :

« Nous nous sommes fermés à la haine. Nous avons retourné la violence à l'envoyeur avec un bouquet de roses et de prières. Nous devons en ce jour rendre des comptes à Moulay Idriss. Mais tes fils avaient déjà exporté la vertu. La cité tremblait à l'approche de la guerre. Ses murs fissurés attestent encore. Nous partions dans les champs de Bab Hamra et nous déterrions nos morts. Ils parlaient encore. Aujourd'hui il n'y a plus de morts. Ils ont tous émigré. Nous sommes les seuls à être restés ; nous subsistons grâce à ton amour. Tu ne nous as jamais quittés. Même au moment de la plus grande détresse, tu restais présent. Nous nous nourrissons des cendres de notre mémoire. Continue ton chemin. »

— Mais il y a eu une guerre !
— Va plus loin lire les traces de la déchirure.

Tout de blanc vêtu, Moulay Idriss apparut au seuil de la voix. Il portait le deuil. Le drapeau blanc du vendredi flottait à travers les nuages aveugles. On avait dressé des palmiers en matière plastique à l'entrée de la ville. Des arcades en carton-pâte pour célébrer la visite. Il avait plu. Les arcs de triomphe penchaient et perdaient leurs couleurs. Le rire fendit le ciel et vint se prosterner devant le saint.
— Appelez mes fils.
— Ils sont absents. Ils purgent leur peine dans une prison militaire.

— J'ai des fils indignes ! Pendant que les hommes et les femmes venaient se livrer à ma dépouille dans le silence et la solitude, je ne pouvais croire ou soupçonner que les chemins de l'erreur passaient par ma semence, semence diffuse dans la nuit et la remontrance. La prière ne pouvait se faire sans moi. Aujourd'hui je ne peux même pas monter sur le minbar, il lui manque des marches. A l'échelle, il manque aussi des barreaux. Je suis réduit à m'asseoir et croiser les jambes. Il n'y a plus de lumière. Le ciel a été dépeuplé. J'ai appris que les étoiles assistent les brigands au jour du Jugement (Dernier) ! Le soleil ne nous réchauffe plus. Corrompu ! Il a été corrompu lui aussi ! Et les prières ? J'ai appris qu'il n'y en a plus que trois par jour ! Des réformes ! On a même installé un frigidaire à la place du minbar ; on peut y trouver tout ce que nous défend le Seigneur. Et pourquoi l'eau de la source est-elle blanchâtre ? Est-ce vrai qu'elle contient les impuretés de nos fils exaltés ? Et pourquoi avoir accroché en ces lieux ces portraits pornographiques de femmes obèses ? On a tout falsifié, jusqu'à mon chapelet. Je dois égrener des douilles à présent. Quelle honte !

« Je sais pourquoi nous sécrétons l'erreur avec les détritus de nos derniers vices. Ne me dites plus l'itinéraire des éclats de notre face mise sur le marché, vendue, reprise, revendue à un nomade infidèle. Tout était permis. En ce temps-là, j'orientais encore les fidèles vers le couchant ; je présidais la prière et ordonnais la destinée. J'enterrais la tyrannie abbasside sur les cendres millénaires. Oualili est une carte postale devenue une ville. Ils ont déplacé les piliers et détourné l'eau.

« J'entends encore les femmes en appeler à Moulay Idriss Zarhoun. Elle voudrait un enfant. Elle voudrait un homme. Elle voudrait un trésor. Elle voudrait l'éternité dans un regard. Elle voudrait une étoile dans chaque main. Elle voudrait la terre et le ciel mêlés. Elle voudrait la face de Moulay Idriss Zarhoun, un miroir, une promesse, un pain, une gorgée d'eau de Bir Zem-Zem. Elle voudrait...
Et cet homme, un charlatan, un fou ou un désespéré ; il demande l'asile politique, il demande protection ; mais je n'ai rien à lui offrir ; je sais que les forces de l'ordre n'hésiteront pas à violer les lieux.

Et cet autre qui se prosterne sur la dalle de ma demeure ! Il voudrait le feu, il voudrait l'astre de la liberté. Je ne peux rien lui offrir. Il mourra étranglé par son propre désespoir, son illusion.

« Je me lève aujourd'hui d'un sommeil coupable. Je ne reconnais plus personne. Je suis démuni de tout. Sous la dalle il n'y a plus que de la terre, quelques fourmis et l'ombre d'un saint étouffé par un grain de raisin. J'ai déserté tombe et trappe et me suis mis des lunettes de soleil. Laissez-moi rire et pleurer. Donnez-moi votre cheval et votre oubli. Donnez-moi le lait de la miséricorde. Je pars errer dans les restes d'une ville. Je me nourrirai de la pierre et de l'asphalte. Ne venez plus implorer ma grâce. Je ne suis plus saint. Je suis redevenu un homme parmi les hommes. Le temps ne m'appartient plus. Je ne peux plus prendre le lit de mes femmes pour lieu de prière, pour lieu du levant et du couchant. Je vois déjà venir le jour où il sera soufflé dans La Trompette. La parole tombera sur votre attente. Elle sera plus qu'un présage, elle dira aux bêtes que vous cachez dans le ventre que vous êtes une demeure malsaine. Les bêtes vous quitteront. La parole vous dira le ciel comme la terre airain fondu, en ce jour où vous n'aurez plus de visage et surtout plus de mémoire. Vous pousserez votre frère, votre ami dans la fournaise et vous retournerez sur vos pas pour secouer la terre qui frémira. Nous irons tous cueillir les morts dans des taxis jaunes. Nous leur offrirons du café et des cigares. Ils garderont une main dans le ciel béant et une autre dans la fournaise du souffle torride en ce jour indubitable de tous les retours.

« Laissez-moi à présent.

« Je reçois en audience Sulaymân B. Jarû, l'assassin de mon père. »

Les morts retirèrent leurs doigts du marbre et disparurent dans la fumée de l'encens.

Sulaymân déposa le poignard argenté au pied du Saint et sortit de sa poche un petit revolver. Il se prosterna et baisa la main de Moulay Idriss :

— Voilà, Maître, les choses ont changé depuis ; j'ai perfectionné le matériel. Cette arme est discrète. Elle est silencieuse. Ma dernière mission a été un succès. Vous savez, j'ai changé de boîte et de pays. Harroun Arrachide était limité et impulsif. Votre père est un homme plus digne que Harroun. J'avais pleuré après ce meurtre. C'est un crime que je me suis toujours reproché. Je reviens m'asseoir sur les décombres de la ville et me mets à la disposition de la justice pour retourner l'erreur. Qu'importe la cendre. Je demande l'accalmie et le rachat. Mon métier m'a rendu immortel. Mais je suis un mécréant qui se nourrit du sang de ses victimes. Je crois que je ne connaîtrai jamais la mort. Cela m'ennuie. Serai-je toujours un assassin, un vieillard indigne. J'ai deux femmes et deux familles ; l'une habite sur la rive droite dans le quartier d'El Andalouss et l'autre sur la rive gauche dans le quartier d'El Kairouanais. Elles m'ont renié. Je dors dans le cimetière de Bab Guissa. Les deux villes me sont interdites. Je suis sans âme. J'ai été déchu. La ville s'est vidée.

— Moi aussi j'ai cessé d'être un morceau du ciel. Le soleil ne se dresse plus à mon appel. Je parle de l'amour de cent ans dans les méandres d'une pré-ville. Mes sept fils n'ont su que verser du sang sur cette terre. Quant à toi, Sulaymân, tu mourras au printemps étranglé par toutes tes victimes. Va languir dans le désert. Tu liras dans les sables la mort et l'enfer.

Nous n'avions pas la mer.

Nous n'avions du sable qu'en médicament dans des petits sachets. Les femmes l'utilisaient pour arrêter un sort ou relever le tort.

Nous n'avions pas la mer.

Tant pis ! Cela nous donnait des rêves colorés, des rêves qui finissaient mal.

En ce jour la mer est un désert de pensée qui coule entre mes doigts. Je l'invente. Je la réinvente. Je la fais. Je la défais. Je décide. Je décide que l'étendue de ma soif soit la mer et mes desseins balbutiants, bateaux et navires. J'organise. Je désorganise. Batailles et voyages. Je tourne les pages d'un mauvais livre. Je n'ai jamais cru en leur histoire. Je reviens sur moi-même et lis dans les yeux de l'émeute. Un monde, une ville truquée. L'agonie d'une citadelle. Avec ses livres et ses matins tremblants. Avec ses marchands et ses fossoyeurs.

Nous n'avions pas la mer.

Nous avions des cimetières superposés. Nous avions des murailles et une chaleur épaisse. Les crapauds cohabitaient avec les lézards. Nous préférions la douceur du puits et le rythme de la légende. Nous avions de temps en temps un incendie pour occuper nos loisirs. L'incendie nous permettait l'envoyer des signes aux morts. Nous ignorions dans notre tour de pureté l'incendie prémédité.

Ainsi partit un morceau de la ville. La Kissaria disparut. Radio-Le-Caire en parla le soir. Nous étions vengés !

Nous n'avions pas la mer.

Nous avions les égouts qui traversaient la ville comme un ruisseau. On s'y baignait. Ensuite on passait la nuit dans un bain loué. Parfois les égouts submergeaient les maisons. On dormait sur les terrasses. On ne s'en plaignait jamais. Des hommes armés d'une perche venaient en retirer les objets encore utilisables. Certains en retiraient des chaussures en bon état même si la paire ne coïncidait pas. D'autres en retiraient des cadavres qu'ils revendaient ensuite à une société anonyme de sorciers. D'autres en retiraient les restes d'une vie, le reflux d'une espérance, une bobine de fil blanc, un morceau de peigne, un dentier, une étoile déchue, une poignée d'illusions, un autobus, un fœtus...

Oued Boukhrareb.

C'était un monde. On s'était habitué à ses puanteurs et à ses crues. Pour un peu, on allait proposer au conseil municipal de la ville de mettre son eau en bouteille, pas pour la boire mais pour jeter des sorts aux infidèles. Une eau trouble qui trahissait notre intimité.

Un jour, un jeune homme « bien », un ingénieur, très bien habillé, très bien coiffé, très bien maquillé, très bien rempli, le regard lointain, vint nous parler du projet de comblement de l'oued. Il avait une grosse voiture dans le crâne, un bar dans le ventre et un week-end-très-pris dans la nuque. Il parlait, gesticulait et criait pour nous convaincre. Il parlait et des machines, des grues, des bulldozers sortaient de sa bouche. Il les expulsait à une grande vitesse. Les machines venaient prendre place dans toute la ville. Il expulsait aussi des chiffres, des millions, des tonnes, des années, des saisons, des équations. De sa bouche délicate surgissaient des graphiques, des tableaux avec des courbes, des dessins, des maquettes. A un certain moment, un rat géant sortit de son ventre et se mit à nous poursuivre. Quant à l'ingénieur, malgré le sang qui coulait, il ouvrit la porte de son crâne, prit le volant de sa voiture et disparut dans la faille d'une muraille. Le rat mordit les vieillards qui n'arrivaient pas à fuir. Entre-temps, les machines s'étaient déjà mises en marche : elles arrachaient les maisons une par une. L'écran devint blanc. Il n'y eut plus d'images. Notre mémoire partait en poussière et venait parfois se cogner contre l'indifférence métallique. Il nous restait les bribes d'une ville et les balbutiements d'une colère. On nous imposa une nouvelle naissance.

La ville a reconstitué son enceinte pour ton délire et les femmes ont ouvert leurs rides pour ta soif.

Aujourd'hui les ruines enfantent dans ta mémoire les jardins que tu n'as pas connus. Tu te dis : au commencement la pierre et l'eau sale, l'eau noire de leurs vertus et de leur commerce. Au commencement le ciel a enduré toutes les métamorphoses de ton petit corps ravageur, ta présence dévastatrice. Et puis ce petit corps s'est vidé. Creux. Il est devenu une image qui traverse d'autres corps, d'autres visages, sans faire de bruit. L'image s'est installée dans la blessure riante de tout un peuple. Elle habite les regards vides. Elle dompte l'attente. Elle colore le sommeil. Un peuple qui dessine sa mémoire sur le sable.

J'étais sorti à l'aube suivre les bribes évanescentes du rêve. Tout se passait dans un affrontement solitaire. J'obéissais aux derniers signes du repli. Je n'avais qu'un geste à faire pour voir repasser devant moi ce qui fut, ce qui ne subsistait qu'en amas de pierres et de terre molle. C'était mon pèlerinage. Je voulais d'abord retrouver le chemin qui alimentait mes fantasmes. Mais il n'y avait plus de rue. Terrain vague. Maison vague. Des ruines qui sentaient encore l'odeur de l'intimité violée. Une nouvelle rue devait passer par la chambre à coucher des uns et la salle d'eau des autres. La rue avait changé de pôle. Elle avait dû contourner un arbre centenaire dont les racines s'étaient ramifiées à travers la ville. Certains trouvaient en cet arbre plus de bénédiction que chez n'importe quel saint. La machine ne pouvait le déloger. Des familles se considéraient comme une arrière-racine dans l'espoir de voir la rue passer à côté. Mais la rue a déraciné toute la médina. Les égouts étaient canalisés. On ne pouvait soupçonner leur existence. C'était du ressort de la magie. Notre saleté, nos ordures disparaissaient avec la plus grande discrétion. Nous ne pouvions plus confirmer leur passage. La médina s'évanouissait au grand désespoir des touristes. La municipalité a décidé de leur reconstituer un tronçon de la médina dans la vérité de son exotisme (ce projet est encore à l'étude). La voiture pourrait dorénavant « rapprocher le lointain ». L'autobus envahissait nos ruelles qui s'étaient toujours fermées au progrès. Les mulets étaient réduits à ne rien faire. On les égorgeait et vendait leur peau à une société de bienfaisance. Victimes du progrès, ils décidèrent de se grouper et d'occuper l'écurie principale. Une nuit, des enfants de la terre brune vinrent les libérer et leur offrirent des espaces infinis.

Lorsque le ciel apparut, j'étais déjà réduit en signes inefficaces. Je pris l'autobus pour aller au mausolée de Moulay Idriss. Le Saint était absent. Des rumeurs disaient qu'il s'était retiré dans les montagnes de l'Oriental pour préparer la guerre.

2

Entretien avec ma mère

J'ai lu les détours d'un silence dans l'abîme d'une mère que la fatalité avait habitée. Au lieu de nous parler, elle nous portait sur son dos et murmurait l'amour de Dieu.

Plus tard la prise de la parole.

Je suis né de la souffrance d'une procréatrice qui a coupé le cordon ombilical de l'endurance dans le sang aveugle.

Ma mère, une femme.

Ma mère, une épouse.

Ma mère, une fillette qui n'a pas eu le temps de croire à sa puberté.

Ma mère je t'écoute.

Dans la solitude d'enfant malade, j'ai osé l'itinéraire caché et fatal, itinéraire lacté :

Ma mère deux fois mariée à des vieillards morts d'avoir vécu sur son corps à peine pubère ; ma mère enfin, mariée à mon père pour lui donner deux enfants qu'une autre n'avait pas pu lui donner.

Avec le traumatisme qui a fait son chemin sur un corps qui n'a jamais connu l'amour, j'ai mis l'œil dans un méandre pour ne pas fuir. J'ai fait parler le regard arrêté sur une possession entourée de fils de tendresse impossible.

Mère raconte
tes nuits de noces, la couleur des draps, le bruit des murs, le rire de la glace et ton corps qui s'ouvre comme une tombe pour enterrer le premier vieillard...

« Mon premier mari, c'était un peu mon père. C'était un homme sorti droit de l'invocation coranique. C'était un chérif, descendant du prophète, et compagnon de mon père, ton grand-père. C'était un homme de vertu et de piété. Il ne manquait aucune prière. Le matin il présidait le lever du jour, s'adressait à Dieu les mains jointes et exprimait son espérance. Il voulait un enfant. Il sentait déjà la mort venir. Elle ne lui faisait pas peur. Ce qu'il craignait, c'était de quitter ce monde sans y laisser une progéniture. Il en parlait beaucoup. Ton grand-père l'admirait pour sa pureté, sa bonté, sa droiture. Il avait un petit commerce. Il vendait des babouches fabriquées par ses neveux. Le reste du temps, il le passait à la mosquée. Quand il faisait beau, il partait avec ses compagnons dans un petit jardin jouer aux cartes. Il avait un chapelet qu'il avait ramené de La Mecque. Il a été trois fois Haj (toujours en bons termes avec les commandements divins). Il passait la journée à égrener son chapelet. La nuit, après m'avoir pénétrée, il me tournait le dos et reprenait son chapelet et ses prières. Un jour, il perdit son chapelet. Il était furieux. Tout le monde dans la maison s'était mis à le chercher. Ne l'ayant pas trouvé, il accusa les jnouns du puits de l'avoir dérobé et de l'avoir donné à la souillure du diable. Cette histoire du chapelet le rendit malade. Mon père consentit à se séparer du sien (qui provenait aussi de La Mecque) et le lui offrit. Leur amitié avait un caractère sacré qui me faisait frémir parfois. Il me parlait peu. On ne se parlait presque jamais. Juste quelques mots domestiques. Peut-être que nous n'avions rien à nous dire. Tout se passait dans le geste et le regard. La parole l'éloignait de Dieu. La tradition me dictait le devoir que j'accomplissais dans le silence. Il ne m'a jamais embrassée. Il y avait quelque chose entre nous comme une gêne ou une honte. Après tout pourquoi m'aurait-il parlé ? Et qu'aurions-nous échangé ? A ce niveau-là je ne pouvais exister pour lui, dès qu'il se mettait au lit, j'ouvrais mes jambes et j'attendais. Quand il éteignait la lampe, il me prenait les jambes, les déposait sur ses épaules et me pénétrait en silence. Pas un souffle. Pas un cri. L'obscurité totale me faisait peur. Ni plaisir ni extase. Seule une certaine angoisse. Quand il avait fini, il me tournait le dos, et entamait son sommeil tranquille dans la satisfaction de son désir, son devoir, le chapelet entre les doigts.

Je restais allongée dans le lit tiède m'efforçant de dissiper l'approche de l'inquiétude. Je m'amusais à surprendre son délire, discours interdit qui trahissait son insuffisance. Des mots grossiers venaient se mêler à quelques prières. Je traduisais le discours en images folles qui peuplaient ma nuit.

J'étais considérée impure pendant la durée des règles, et il ne m'approchait pas. Je devenais interdite. Je devais le lui signifier sans en parler. Nommer les choses ! Quelle folie ! Parler du sang menstruel avec lui était impensable. Et pourtant, on m'a toujours répété la parole du prophète : « En religion, point de honte à parler de certaines choses. » Ma condition de femme ne pouvait être dite. Oser la parole, c'était provoquer le diable et la malédiction. Oser la parole c'était déjà exister, devenir une personne !

Je devais donc, d'après une convention tacite, lui faire savoir quand j'étais impure (disons impraticable) ; je mettais un foulard rouge autour de la tête. La fin de la période se signalait naturellement par mon départ au bain.

J'y pense encore ! La parole ! Après tout qu'aurions-nous dit ? De quoi aurions-nous discuté ? Il avait son commerce, ses amis, ses préoccupations religieuses... Je n'avais pas de place dans ce monde extérieur. Nous partagions la nourriture (mais souvent il mangeait seul), nous partagions la maison où je devais faire l'apprentissage de la solitude et du silence. Je parlais avec ma mère et mes sœurs, mais je n'osais pas tout dire. Je regardais tendrement ma jeunesse se consumer dans les rides d'un homme, un étranger.

Il m'a fait un enfant.

J'étais encore enceinte quand il mourut. Tu sais, aujourd'hui encore, j'ai entre les dents le goût de la mort qu'il avait laissé dans les draps. Je ne suis pas près d'oublier la peur qui s'était emparée de moi le jour de sa mort. Il était rentré plus tôt que d'habitude et m'avait demandé de lui préparer les encens. Il attribua sa fatigue au mauvais œil. Quand je revins avec les encens, il avait déjà la fièvre. Il perdit conscience petit à petit et mourut au milieu de la nuit. Je me trouvai seule avec un cadavre dans cette grande maison et je ne savais quoi faire. Surtout que je ne connaissais rien de la mort. Ma mère m'en parlait vaguement. J'avais vu mourir mon grand-père ; mais j'étais jeune. Mon père m'en parlait avec une certaine philosophie et une certaine distance : « Mon plus beau voyage, me disait-il ; lorsque Dieu aura récupéré mon âme, je me sentirai plus léger et plus disposé pour le jugement... On ne peut qu'espérer cette rencontre... » Cela ne me préparait nullement à affronter toute seule, et en pleine nuit, la mort d'un vieillard. Comme une folle j'allais d'une chambre à l'autre. Je montai à la terrasse et essayai d'appeler les voisins. La nuit était étoilée. Je m'adressai alors au ciel. Je demandai de l'aide. Le matin j'étais déjà très fatiguée et je n'avais pas la force d'accomplir les devoirs qui m'attendaient.

Vêtue de blanc, je devais exprimer la tristesse. Je devais paraître bouleversée. Je devais pleurer et regretter ce vieillard qui n'avait fait que passer. Il fallait se plier aux traditions imposées par les circonstances. Mais je n'arrivais pas à simuler l'attitude de deuil. Indifférente ? Pas tout à fait. Je ne me sentais pas concernée par ce qui venait d'arriver, et j'essayais de refuser le rôle que la société m'avait imposé. J'en voulais à toute ma famille. Ma mère me suppliait pour m'amener à pleurer. Les femmes défilaient dans des attitudes grotesques et me présentaient leurs condoléances. Je ne les regardais pas. En fait, leur présence et leur cérémonial m'exaspéraient. On pouvait lire le deuil sur leur visage plus facilement que sur le mien. J'avais honte. Honte de ne pas pouvoir jouer jusqu'au bout mon rôle de veuve. Honte d'être à mon âge veuve d'un vieillard. Je sentais que mes jours étaient gâchés. On m'a toujours dit qu'une femme divorcée ou veuve est une femme qui perd son avenir. On peut tout au plus lui offrir un « avenir-de-seconde-main » ; elle devra se contenter de ce que la vie lui présente. Elle n'a plus le droit d'avoir des exigences. Elle n'est plus jeune fille, tu comprends ? Elle n'a plus rien de neuf à offrir à un homme ! Voilà que déjà je me sentais dépréciée... J'avais donc honte et peur...

Une fois que le mort fut lavé, parfumé et habillé, on me demanda d'aller baiser son front en signe d'adieu. L'embrasser une dernière fois ! Lui, qui ne m'avait jamais embrassée ! Quelle fatalité ! Je tremblais et voulus résister. Mais ma mère m'entraîna. En voyant ce corps enveloppé dans ce linceul blanc, je faillis m'évanouir. Je fis semblant de me baisser et sortis en sanglots. Il sentait l'encens de la mort, tel que je l'avais toujours imaginé.

La suite de la cérémonie échappe aujourd'hui encore à ma mémoire.

Le soir je fus prise de panique. Je me rendis soudain compte que je portais en moi une partie de ce mort. L'enfant dont j'étais enceinte de trois mois, c'était la semence échappée de justesse à un corps en péril. Je ne pouvais supporter l'idée d'être habitée par ce mort. Je décidai de m'en débarrasser. Mais comment m'y prendre ? J'étais jeune et sans expérience. Je me rappelai qu'en avalant une forte dose de piment du Soudan, on pouvait provoquer la fausse couche. Mais en étais-je capable ?

Ma mère, à qui je m'étais confiée, me rappela à la sagesse et me cita une parole de Dieu. Je chassai de mon esprit l'idée d'avortement et me résignai. Après tout, je n'aurais jamais eu assez de courage pour aller contre la loi. J'ai toujours été obéissante. La révolte n'a jamais eu d'adeptes dans notre famille. Bien sûr mes deux frères ont fait de la politique. Un leader était venu une fois chez nous. Il revenait d'exil. Les familles fêtaient son retour. Je crois même que c'était Allal. Mes frères étaient des watani. Ils fermaient souvent leur magasin pour protester contre les Français. Mais moi je ne pouvais pas me révolter. Le destin est ce qu'il est. Comment le changer ? Je devais assumer tout ce qu'il m'arrivait en silence. Je supportais sans mal l'enfant et m'appliquais à oublier le père. Il m'arrivait souvent de le rencontrer dans mes rêves. Il me rappelait à l'ordre. Dans les premiers rêves je m'accrochais à sa barbe blanche et lui griffais le visage. Il demeurait rigide et impassible. Dans les rêves qui suivirent je le déterrais et le mettais sur la pierre d'accusation. Son linceul était toujours aussi blanc qu'au premier jour. Les fourmis n'avaient pas osé le détruire. Son corps était intact. C'était sans doute un saint ! Quand je finissais de le transpercer de mon sabre, il se repliait dans sa tombe et retrouvait le silence des cieux. Je vieillissais dans le cimetière. Mes seins tombaient, mes cheveux se décollaient et venaient s'éparpiller sur la tombe. Ce devait être la malédiction de la lune. Parfois la rage me prenait à la gorge, je baissais mon séroual et urinais longuement sur le zellige tombal, invoquant le diable qui devait pourchasser les anges gardiens du mort. C'était déjà la démence ! Une autre fois, ce fut lui qui se déplaça. Il apparut sous la forme d'une lumière éblouissante. Il s'avança vers moi et me tendit un bol de faïence rempli d'eau. Il me dit : « Cette eau vient de l'oasis de notre prophète. Ne perds pas le bol... » Le matin, ma mère m'expliqua ce rêve. En effet, ce don ne pouvait symboliser que l'enfant qui allait naître. (Un enfant qui sera fragile et précieux.) L'eau c'était plus que la vie, c'était aussi le bonheur encore possible, l'espoir d'aimer la vie. A partir de ce rêve, je voulus chasser de mes cauchemars le pauvre homme. Mais il était resté immobile dans ma durée. J'avais beau aller et venir en moi-même, changer d'itinéraire ou même créer des labyrinthes, je n'arrivais pas à le perdre, je le retrouvais toujours là, austère, sec, menaçant comme un roc.

Je ne savais où aller avec mon obsession. L'image du mort me poursuivait partout. Je partis avec ma mère implorer l'aide et la bénédiction de Moulay Idriss. Je lui avouai que je ne dormais plus et que je sentais la folie s'emparer de mon être. Je renforçai cette démarche par l'acquisition de quelques écritures chez un fqih.

C'est la naissance de mon premier enfant qui me délivra de l'obsession. J'étais guérie. Le bonheur devint possible.

mère raconte

ton corps las les matins
pâle à l'aube de ton désir
ton corps meurtri
se consume
sans jamais voir la mer
sans jamais caresser l'herbe mauve

ton corps a bu l'ombre de vivre
pendant que le soleil délivrait le ciel du soupçon
ton corps a écrit
et tu te poses entre la mort et l'astre de lumière
tu as appris à apprivoiser la blessure
comme un oiseau qui a peur
tu as renvoyé tout au seuil de ton cœur
pas même une larme
à peine une faille dans le temps
on t'a dit verte la mer
tu n'as connu que les rues sombres
tu tournes ton visage
et rajoutes du henné à l'aile bleue de ton silence

mère

tu as noué les jours et les nuits avec le fil blanc de notre sourire
murmurant ta vie à toi-même
pendant que la tombe s'agrandissait et t'attirait dans son lit
pendant que le défunt mangeait la terre et te préparait un lac et une mer gelée

dis-moi
dis-nous

la couleur du sang que tu refoulais quand le mort s'essoufflait sur ton corps frêle

dis-moi
dis-nous

que tu mordais le ciel sous les couches
de l'espoir
que tu criais
non comme une victime mais comme
une braise sourde

Mais le dire installe la parure. Conte-moi plutôt les jours seconds... tes nuits heureuses...

Je ne pense pas avoir vécu une autre vie... J'étais soumise de façon naturelle. La cruauté venait se greffer sur le jour... L'espérance ne me concernait pas tout à fait. Ceci m'a été confirmé dans mon deuxième mariage.

Non, il ne me battait pas. Ce n'était pas un homme violent. C'était un homme fidèle à la parole de Dieu (oui, lui aussi). Moi, fille de chérif, il me considérait au même titre que ses préoccupations religieuses. Il priait souvent sur mon corps. Je n'ai jamais vu son sexe. Tout se passait dans l'obscurité. J'entendais psalmodier quelques phrases où Allah était loué. Il disait à peu près ceci : « ... Louange à Dieu Le Très Haut qui m'a donné cette enfant pour champ à cultiver. Belle et pure. Un trésor d'obéissance et de soumission. Puis cette enfant me donne un héritier qui restera sur terre pour Te louer et

T'adorer. Quand Tu voudras, mon âme T'appartient... Au nom de Dieu Le miséricordieux, Le Tout-Puissant, je pose ma verge entre les jambes de cette enfant sainte... »

Lui non plus ne me laissait pas sortir sans son consentement. Je restais pleine de toutes les impuretés qu'il déversait en moi quotidiennement jusqu'au jour où ma mère venait m'emmener au bain. Je ne connaissais rien de la rue. Je ne savais pas me diriger dans les quartiers. La ville c'était pour moi quelques lieux : le bain, le four, Moulay Idriss, la Kissaria et puis les maisons de mes frères et sœurs.

Un peu moins âgé que le premier homme, il était plus soupçonneux et plus méfiant. Il m'interdisait d'apparaître non voilée devant certains membres de ma famille. Ainsi, tombaient sous la loi de l'interdiction mes cousins germains, mes arrière-cousins, certains de mes oncles et bien entendu tous les étrangers. Seuls mes frères pouvaient me voir sans voile ! Il lui arrivait souvent de m'enfermer à clé dans la maison. Heureusement que j'avais la possibilité de monter sur la terrasse. D'ailleurs c'était le seul moyen que les voisines avaient trouvé pour respirer un peu et discuter entre elles. On se faisait des confidences, on se racontait ses malheurs. On découvrait l'amitié. Il était difficile pour nous de garder un secret. Nous avions besoin de parler, de raconter. Alors on se donnait rendez-vous tous les après-midi à la terrasse. Une complicité nous réunissait. Nous nous retrouvions souvent au bain. Dans ce lieu nous nous sentions plus à l'aise. Nous n'étions plus séparées par le vide. Dans l'obscurité nos corps se touchaient parfois. C'était un jeu.

Je consacrais les matinées à la cuisine. Je restais des heures le dos courbé. Nous n'avions pas toutes les facilités de maintenant. Ah ! combien nous avons souffert dans les cuisines ! C'était un lieu toujours mal conçu. Aucune commodité. Aucune logique.

Par mon travail domestique quotidien, je prouvais ma bonne volonté de femme/épouse. Soumise et résignée, je ne disais rien. Je cuisinais bien. Je rivalisais avec ma mère. Je réussissais les meilleurs plats. Je nourrissais mon-homme avec beaucoup d'égards. Je n'osais pas me mettre avec lui à table. Je le servais d'abord. Mon-homme mangeait bien. Il était satisfait. Il rotait avec aisance. Il ne m'a jamais fait un compliment. Je mangeais pendant qu'il faisait sa sieste, mais je mangeais mal : la fatigue me faisait perdre l'appétit. Parfois j'interrompais mon repas pour lui préparer le thé.

Non, je n'ai jamais eu envie de le tuer.

J'aurais pu le faire. Mais j'avais peur. J'avais peur de Dieu. Tuer c'est défendu. Non, réellement, je n'ai jamais eu envie de le tuer. Non, je n'aurais jamais pu le faire... Un jour, il avala de travers. Il avait failli mourir. Ses yeux très rouges étaient sortis et s'étaient déposés sur l'oreiller... Il allait mourir sans ses yeux ! Ce ne fut qu'une brève illusion.

Il mourut peu après de mort naturelle, me laissant un enfant de cinq mois.

Pour la deuxième fois veuve, mais calme et résignée.

Je n'avais plus à faire l'apprentissage de la solitude et de la douleur. J'étais née pour habiter leurs méandres. Je m'appliquais à suivre la ligne du destin, la face voilée. J'avais déjà deux enfants et je n'avais pas encore vu la mer ni un champ d'épis verts. En dehors de Fass, je ne pouvais soupçonner l'existence d'un autre monde.

Avec son père ce fut différent. D'abord ce n'était pas un vieillard ; il était en pleine force de l'âge. J'allais enfin connaître un homme, un vrai. Cette idée me rendit heureuse quelque temps. Mon oncle paternel l'avait introduit dans la famille. Ils avaient un petit commerce ensemble pendant la guerre. Quand il m'a épousée, il était encore marié avec la sœur d'un de ses compagnons. Une femme forte, gourmande et insatiable. Cette femme n'avait pas pu lui donner d'enfants. Quant à moi, je fus enceinte dès le premier mois de notre mariage. Je vivais avec l'autre femme dans la même maison, mais j'avais tous les privilèges. Les temps étaient difficiles.

C'était la guerre, l'époque des bons et des rations. Heureusement, nous avions quelques provisions. Il nous restait deux jarres de viande de chameau en conserve, un sac de charbon, et deux ou trois sacs de blé.

Je ne détestais pas particulièrement l'autre femme. Elle faisait souvent des concessions. On coexistait sans mal. Quand j'eus accouché, elle fit ses valives et repartit chez ses parents. Le divorce eut lieu quelques jours après la cérémonie du baptême. Nous sommes restées amies. Elle venait me voir de temps en temps et m'aidait dans mes travaux. Elle ne tarda pas à se remarier. Elle eut beaucoup d'enfants...

Ce que j'aimais le plus chez ton père, c'était l'odeur d'épices qu'il promenait avec lui. Il vendait toutes les sortes d'épices. Il sentait un peu la terre. Il m'a donné un peu de bonheur. Les temps étaient difficiles et il ne pouvait se consacrer entièrement à nous. Son commerce n'a pas toujours bien marché. Il a plusieurs fois changé de métier. Après les épices, il se mit à vendre du tissu. Il n'a pas eu de grandes satisfactions dans ce domaine.

Le jour tourne dans l'éclat
d'une autre violence. Mais la mort
se penche sur un carré blanc
où des signes composent un chant pour la fièvre qui vint d'ailleurs.

La main se pose dans le verger d'une mémoire en fleurs où
l'esquisse d'une plaie est vite repoussée.
Qui croit encore au naufrage
de l'œil dans les méandres de la parole ?
Car la parole et la main se confondent dans le territoire en péril.
Heurts pour une possession mal dessinée sur le tracé d'une vie à peine entendue.
Soudain la couleur sort d'une élection et habille le geste qui s'use.

Tu te tais et laboures les champs
d'un destin indigné

Mère
tu nous surprends à peine

L'œil complice de l'écoute se ferma sur la parole qui voyage.

Fass élue par le prophète !

Il l'aurait nommée sur son cheval la nuit du Mi'rage.

La parole de Mohammad tomba sur ce territoire, tache blanche en germes et grains d'intelligence. Elle fut retenue par les mémoires ancestrales et devint berceau (creuset) des passions.

La conjoncture des mémoires passagères y implanta la lettre, le verbe, le discours. Nous étions tous des sémites pris dans les rênes de la séduction. C'est ainsi que Fass devint capitale de la blessure future. Le savoir devint l'apanage de quelques-uns. La société fassie se structura en fonction des inégalités décidées par une mémoire sacrée. L'artisan y a souffert. Méprisé. Rabaissé. Rejeté. Travailleur manuel, il n'avait pas de place dans la société qui se faisait. Et pourtant, qui ne compte dans sa famille un artisan au moins ? Ville sans usines, Fass de par sa vocation (!) de capitale intellectuelle a institué la différence entre la main et la pensée.

Le réseau des grandes familles s'est maintenu grâce au savoir dispensé à la Karaouiyne ou bien dans les écoles des fils de notables. Les fils d'artisans étaient destinés à apprendre et hériter le métier du père.

Ceux qui prirent les armes pendant la résistance ce ne furent pas les fils de notables, mais bien les fils d'artisans. Les notables se contentaient de fermer leurs magasins et donnaient aux fidaï la peau du mouton de l'Aïd-el-Kabir. Parfois leur sacrifice touchait leur fortune. Ils recevaient des lettres anonymes où était dessiné un revolver ou une main noire ; sans discours, sans verbe, seulement un chiffre, une somme d'argent. Ils payaient avec une certaine fierté.

Las d'être méprisé, l'artisan voudrait aujourd'hui en finir avec l'infériorité dans laquelle il a été maintenu.

Fass se dépeuple et s'éparpille.

La malédiction de l'histoire a trouvé le lieu de son écriture. Cette cité, d'où a toujours émané le pouvoir, se trouve à présent ensevelie dans les couches de l'oubli. Le protectorat a d'abord tenté de la dédoubler en la reléguant aux confins de la différence : il a créé une ville à son image à huit mille mètres de l'ancienne, dans la tradition de la laideur coloniale. Il a même réussi à la peupler de Fassis qui préfèrent la voiture au mulet. Les premières familles qui émigrèrent dans la ville nouvelle furent celles qui aimaient bien les Chrétiens, porteurs de la modernité et de nouvelles différences. Elles se séparèrent du lieu de leur naissance en le reniant mais emportant avec elles les structures d'une « féodalité esclavagiste ». (Les chefs de grandes familles n'avaient-ils pas pour la plupart, en plus de leur femme légitime, une ou deux femmes noires achetées comme esclaves ? C'était chose courante encore au début du siècle !) Bientôt ces mêmes familles iront à la découverte de la concurrence libre et du profit dans d'autres lieux : Casablanca, Dakar, Abidjan, La Mecque...

Ils n'ont pas quitté Fass, ceux qui l'aiment trop pour la renier, les artisans.

Peuple non élu.
Fidèle à la gravitation des couleurs.
Il s'enroule dans la terre et façonne de ses mains la pierre.
Fils de l'aube bleue aux reflets d'une autre violence
il défend la ville et son enceinte...

S'achève le discours de Fass.

Nous n'avons plus de texte à lire.

Le corps est privé de son écriture. Harrouda perd son plumage. L'Ogre s'est installé à la source de Sidi Harazem en compagnie du jeune-homme-très-bien-qui-vomit-des-rats. Ils étudient ensemble un plan d'aménagement de ces lieux sauvages. Ils pensent commercialiser les cailloux de cette région et renoncent à la mise en bouteille de l'eau qui (paraît-il) contient des grains de subversion. Une société américaine se charge actuellement d'extraire ces grains et de fabriquer à partir de cette eau un coca-cola national. Les ruisseaux deviennent des piscines et les tentes cèdent la place aux bungalows.

S'achève le discours de Fass.

Ce n'est même pas un désert. Le désert peut séduire et le sens ne s'y dérobe pas. La dignité est dans le vent qui laboure les sables. La dignité et le sens. Deux éléments de la séduction effacés du manuscrit.

La lecture de Fass devient perte de mots et de pierres.

La phrase est une rue tracée au hasard de l'histoire. On traverse la ville en utilisant quelques petits chemins, empruntant au langage quelques périphrases. Le texte s'absente. La ville se retire. Les murs voyagent. Rien ne s'accumule. Page du ciel transparent. Les quartiers se superposent sur écran de soleil. Ils disparaissent dans un magma de textes vagues.

Telle est l'écriture d'un destin infirme.

Fass abandonnée, capitale déchue, elle est oubliée par des notables indignes. C'est un manuscrit auquel ils n'ont rien compris.

Plus tard les enfants diront...

Voilà pourquoi toute lecture de cette ville ne peut être en ce moment que pure fantaisie d'un imaginaire solitaire.

Il faut survoler la ville et laisser la mémoire fabuler.

J'ai fabulé.

3

Vendredi les cendres

Jusqu'à présent il ne s'est rien passé.

Les textes parallèles récusent la chronologie. C'est pour cela qu'il n'y aura pas de symétrie dans l'espace de la fabulation. Je laisse l'écriture se déplacer jusqu'à dessiner la circonférence.

La suite est une fête.
Elle ouvre la réalité à de nouvelles traces.

Ecoutez...

Quand le regard eut achevé l'itinéraire de la transparence à travers deux cités-mères, il se posa sur le grand boulevard de la ville à venir, ville où, un matin de mars, tous les enfants du pays s'étaient retrouvés pour la fête.

Les gens sérieux, qui comparaient ce centre économique du pays aux poumons d'un organisme, avaient pris peur et ne comprenaient pas de quelle fête il s'agissait. Ce n'était ni l'Aïd-Saghir ni l'Aïd-Kabir ! Ce n'était pas non plus la fête de l'Indépendance, on venait juste de ranger les arcs de triomphe ! Des enfants de tout âge envahissaient les rues brandissant banderoles et drapeaux. Ils annonçaient la fête, la grande fête, celle qui vient juste avant le jugement dernier, celle qui apporte les signes de la résurrection, celle née soudain d'une imagination colorée et qui sème la folie dans les cœurs tranquilles. Une initiative du délire qui a fendu le ciel pour célébrer le bleu de la mort.

Les barricades étaient dressées ; le soleil devint astre de la complicité.

De l'autre côté, on fermait les magasins et on cachait les fortunes. Les femmes, affolées, perdaient leurs seins qui se dégonflaient comme des baudruches. Elles se hâtèrent d'enterrer leur ceinture en or et leurs diamants. La situation était confuse (comme on dit) !

Au moment où la fête répandait les bribes de sa fureur dans les quartiers propres, à travers les maisons peintes en rouge et or, la Radio diffusa un communiqué :

« *Louange à Dieu !*

Nous venons d'apprendre que des évasions spectaculaires ont eu lieu ce matin dans l'ensemble des prisons, hôpitaux, orphelinats et bidonvilles.

En ce moment même, circulent dans le pays des hommes nus, des hommes fous, tuberculeux, criminels, détenus de droit commun, rebelles, clochards, mendiants, charlatans, porteurs d'idées perturbatrices et de livres-obus, corps subversifs aux poings chauffés.

Fermez vos magasins ! Fermez vos portes ! Enterrez vos bijoux ! Verrouillez vos coffres ! Munissez-vous de menottes et de muselières ! Prenez avec vous votre chapelet et votre Livre ; rassemblez-vous dans les mosquées. Priez ! Prions ! Ne vous affolez pas.

Nous avons délégué auprès d'eux le poulpe de l'entente ; il va les ramener à la raison ; il usera de tous les moyens pour sauvegarder nos valeurs vraies et éternelles. Le poulpe est déjà sur place. N'ayez aucune crainte ! Nous vous tiendrons au courant de l'évolution de la situation. Que Dieu nous préserve de toute malédiction !

Dieu est grand !

Dieu est miséricordieux ; Il nous protège. Dieu est avec nous ! »

Les tentacules du poulpe avalèrent quelques enfants. Cela ne suffit pas. L'ordre était toujours perturbé. La fête était dans l'ensemble des quartiers. Des renforts arrivèrent de tous les côtés : ils furent emportés par un tourbillon musical. Les momies de l'administration ne réintégrèrent pas les murs et laissèrent les casiers ouverts. La panique. La démence du ciel. Plus de portes dans les bureaux. Des trous béants dans les façades. Avec les courants d'air toute la paperasse s'envola. Une pluie de feuilles dactylographiées tomba sur la ville. Des enfants eurent le temps de fabriquer des petits bateaux avant de lancer une torche en l'air. Plus de dossiers. Plus d'archives. Un peu de cendre et presque pas de fumée. Le vent emporta dans un dernier souffle les quelques papiers mal incendiés. La fête n'était plus un jeu d'enfants. On ne diffusa plus de communiqué. L'alerte était donnée. D'immenses aigles noirs descendirent du ciel en parachute. Ils parvinrent à agripper quelques enfants qu'ils déchiquetèrent en plein vol.

La fête fut reportée. On se donna un temps de réflexion. Les oiseaux rapaces occupèrent certains points stratégiques et surveillèrent la population. Le poulpe se laissa emporter par le sommeil et la fatigue. Profitant de cette accalmie, Harrouda sortit d'une bouche d'égout. Elle traversa la grande place vide sur la pointe des pieds, réveilla le poulpe et lui fit avaler des petites billes rouges. C'étaient des billes de soleil qui mettent le feu dans les corps. L'avantage de ces billes c'est leur action rapide et efficace. Le corps qui les avale devient boule de feu en perpétuelle métamorphose. Imaginez une boule de feu minuscule qui ne cesse de grandir et qui fait des ravages sur son passage. Invisible le jour, elle circule à grande vitesse et dissout tout ce qu'elle rencontre. C'est ainsi que la panique s'empara des poulpes et des rapaces. Mis en déroute, ils tournèrent sur eux-mêmes jusqu'au moment où leur corps fut réduit en cendre. Harrouda disparut, emportant un peu de cendre dans son sac.

Au loin un chant d'amour.

Les filles de l'Atlas dansent sur le front des nuages. Les hommes du Rif retournent la terre. La fugue de la forêt ouvre la ville.

Nous avons une montagne dans nos pensées ; lesquelles sont séparées du jour.

L'herbe nous rassure et nous protège.

Le soleil en furie quitta le ciel.

Les enfants resurgirent dans la ville qui paraissait abandonnée. Ils avancèrent en se multipliant, puis se rassemblèrent au centre de la grande place.

Ce fut le siège.

La parole se dispersa en fluide argenté :

« Nous, enfants et oiseaux, conscients et responsables, amants de la terre et du soleil,
donnons la parole à nos cicatrices par-delà
l'innocence dont on nous affuble
vu
les conditions démagogiques pour la constitution d'une mémoire
l'impossibilité du suicide salvateur
le budget envahissant du ministère de la cadavérisation nationale
la castration perpétrée en plein jour
les murs qui se ferment sur les hommes
le chant qui saoule et endort
les myosotis qui poussent sur les corps vierges
le silence servi dans le café du matin
le corps en pointillés
le destin par la queue
la mer et l'écume amère
l'approche à grands pas de la mort en kaftan dans vos foyers

avons décidé :

le siège de la ville
la décomposition des corps
et le jugement avant-dernier

ne soyez pas étonnés si ce soir un petit séisme (un premier, de faible intensité) surprend votre sommeil
ce soir le séisme
demain le cercle des cadavres
écoutez
les chiens viendront aboyer sous vos fenêtres
ce sera notre appel
vous sortirez nus et vous le resterez jusqu'à la fin du jugement
pendant cette période, le soleil sera au zénith. »

Une voix lointaine fendit le ciel et traversa les nuées :

« *Vos signes ne sont que mensonge ; seuls les signes qui descendent du ciel font courber les nuques et disent la vérité.*

Je suis le Diable honoris causa ; le bon dieu en chapeau de paille ; je suis la légende qui n'en finit pas de durer de voyager et de rendre justice ; je suis l'arc-en-ciel qui a sacrifié ses couleurs pour la vérité-la liberté ; dans ma jeunesse j'ai fait quelques miracles ; je ne m'en vante pas ; je vous laisse deviner ; j'ai été une place tournante, je distribuais la bénédiction ; à l'époque le sphinx m'avait prêté sa mémoire ; je lui ai offert ma sagesse ; aujourd'hui je laisse ma main errer dans les confins d'autres mémoires ; je suis devenu les cent corps à l'écoute ; je suis les cent corps qui t'interrogent : nom-prénom-date-et-lieu-de-naissance-fils-de-et-de-profession-situation-domicilié-à-dernière-adresse-exacte-dépendance-politique-conviction-religieuse-option-sexuelle-homosexuel-ou-hétérosexuel-barrer-mention-inutile-souligner-d'un-trait-rouge-sport-pratiqué-suicide-espéré-possession-livres-fleurs-subversives-gadgets-pays-visités-montrer-plante-des-pieds-laisser-empreintes-du-corps-en-bas-de-la-plage-aveux-reconnus-jugé-coupable-une-fois-deux-fois-exécutez-enterrez-effacez-le-de-toutes-les-mémoires-au-suivant

je déclare l'imposture
vous êtes des imposteurs ; je vous somme de vous rendre et de libérer le soleil ; j'ai mal aux yeux ! la mer et le ciel basculent... j'ai la tête à l'envers... j'ai mal... j'ai la diarrhée... je suis inondé par mes excréments... laissez-moi partir... je vous laisse mon titre honoris causa... le soleil fait des trous dans ma peau... rappelez-vous, votre corps parlera le jour du jugement dernier... le ciel ne me reconnaît plus... que l'aigle de la justice vienne témoigner... qu'il me délivre... Je suis... »

La voix fut interrompue par la foudre qui libéra quelques nuages. Ce fut le seul incident notable de cette première journée de siège.

Les corps gras et ridés vinrent se tasser sur la place. Les femmes arboraient leur laideur naturelle. D'une main, elles essayaient de repousser les rats qui grimpaient entre leurs jambes, et de l'autre, elles cachaient ce qui restait de leur poitrine. Les hommes semblaient plus dignes, avançaient la tête haute, égrenant un chapelet. Ils considéraient le chaos qu'ils vivaient comme une fatalité divine. Cependant, ils n'étaient pas tous à la hauteur de la situation. Un corps maigre et sec sortit des rangs et se mit à crier :

« *Nous n'allons pas nous laisser faire ! Nous ne sommes pas des moutons ! Pourquoi sommes-nous incapables de briser cette fatalité ? Nous sommes croyants et bons pratiquants ; nous méritons alors respect et considération, nous méritons le paradis ; nous avons assez d'or pour nous payer le paradis, alors libérons-nous et rentrons chez nous...* »

A peine eut-il terminé son discours qu'une douleur atroce s'empara de lui et le fit rouler par terre, gémissant. Il avait la diarrhée... une simple diarrhée de printemps. Il fut étranglé par des anguilles lâchées par son corps en transes.

Devant l'impatience de certains, un enfant-oiseau prit la parole :

« Dispersez-vous, si cela peut vous soulager ! Allez courir derrière vos cercueils... courez occuper vos tombes... courez défendre votre dernier bout de terre... courez à vos cimetières privés aménagés depuis votre naissance, arrosés avec l'eau de jasmin et de rose, arrosés avec le sang de vos serviteurs... courez perdre votre raison dans un trou parfumé... la mort ne viendra pas vous délivrer... vous pouvez occuper les zaouïas et prier jusqu'à ce que le soleil consente à se coucher... mais il est dit quelque part dans l'écriture du ciel qu'il continuera de briller au-dessus de vos têtes. Vous êtes voués à vous consumer lentement et à renaître à l'infini. Ce n'est pas un malentendu. Attendez l'apparition du prophète... il reconnaîtra les siens... »

Plus personne n'osait contester. Hommes et femmes défilèrent dans un cortège, résignés et silencieux. Un homme, n'arrivant plus à retenir son ventre qui tombaient entre ses jambes, s'affaissa par terre et murmura calmement :

« O mon Dieu ! Quel mal ai-je fait pour mériter ce châtiment ? J'ai suivi tes commandements à la lettre ; je n'ai jamais manqué une prière, même quand j'étais malade, je priais sur le lit avec les paupières ; j'ai toujours fait l'aumône même quand il y a eu la grève à l'usine et que les affaires ne marchaient pas bien ; les vendredis j'étais au premier

rang à la mosquée ; j'offrais souvent un banquet de couscous aux tolbas ; je priais pour la santé des chorfas ; j'ai même offert ma fille à un chérif, mon meilleur ami, ma fille qui avait à peine quinze ans ; je traitais mes domestiques comme des êtres humains ; je suis allé trois fois à La Mecque ; j'ai rapporté des lieux saints un peu d'eau de bir zemzem et quelques diamants ; j'ai fait le ramadan depuis ma tendre enfance et je n'ai jamais répondu aux tentations quotidiennes ; j'ai repoussé le vice avec toute la force de la foi et de la vertu ; je n'ai jamais bu une goutte de vin ni mangé une tranche de viande de porc ; bien sûr, je l'avoue, mes enfants ne m'ont pas ressemblé, ils ont suivi d'autres chemins bien que j'aie tout fait pour leur donner une éducation saine et vertueuse, mais ils se sont laissé emporter par le mal qui nous vient du pays des Chrétiens ; ils ne connaissent ni leur pays ni leur langue ; c'est ma honte et mon regret ; j'ai souvent prié pour eux ; ils font de la politique aujourd'hui ; quel malheur ! O mon Dieu ! je ne me révolte pas ; c'est encore la volonté qui se manifeste ; je suis à genoux ; je suis par terre ; j'attends ton jugement ; j'ai mal ; je sens mes membres se dissoudre dans mon corps ; je vous lègue ma fortune ; je vous laisse tout ce que je possède ; j'ai mal... j'ai mal... »

Les corps défilaient avec nonchalance. Ils s'arrêtaient face au soleil qui les interrogeait ; ils devaient entreprendre leur autodestruction : les aveux qu'ils prononçaient se retournaient contre eux provoquant la colère des lézards qui leur sautaient au cou et les étranglaient sans toutefois les tuer. La langue et le sexe parlaient de tout ce qu'ils ont vécu. Ils étaient obligés de tout dire, tout dévoiler ; d'ailleurs ils ne pouvaient rien cacher. En fait, ils ne reconnaissaient plus le corps qui les portait. La vérité sortait en syllabes colorées qui se répandaient sur la grande place. Des milliers de sexes et de langues parlèrent durant un temps impossible à définir. Dans cette fixité du temps, il n'y avait plus de repères. Les corps exténués s'amoncelaient sur la place. Les brûlures du soleil dégageaient une odeur insupportable. Le ciel redevint bleu. C'était la pause. Le bleu de la mort. Les quelques nuages se dissipèrent. L'atmosphère était douce. Les corps reprirent vie. Cette accalmie ne dura pas longtemps. Le ciel s'assombrit de nouveau et les nuages, de retour, larguèrent des parachutistes de toutes les espèces : des aigles noirs, des rapaces qui ont été dépêchés des horizons lointains du Texas, des commandos d'intervention rapide et efficace, des poulpes maintenus en vie par un système de respiration artificielle, des libellules géantes, des mantes religieuses en matière plastique... Ils sauvèrent les corps en agonie et entreprirent la chasse aux enfants/oiseaux. Ils firent un massacre (comme on dit). En quelques heures, la ville se trouva privée de ses enfants. Il n'y avait plus que les adultes et les vieillards. Ils dynamitèrent les arbres qui abritaient les oiseaux. Le calme et l'ordre régnaient sur la ville ; une ville sans enfants, sans oiseaux, sans arbres... un espace plat. Un orchestre de musique andalouse s'installa sur la grande place et joua jusqu'à l'aube. De temps en temps un bouffon surgissait et faisait rire les passants. La télévision retransmettait en direct les festivités. La caméra s'arrêtait sur quelques détails du massacre : elle montrait les têtes d'enfants épinglées au seuil de la ville. Tard dans la nuit, on remit des médailles aux poulpes et rapaces qui avaient rétabli l'ordre. Les chats étaient de la fête ; ils mangeaient les oiseaux qui gisaient par terre. Un chameau s'était installé dans la vitrine d'un magasin de mode et pleurait. Personne ne faisait attention à son murmure. C'était un chameau qui avait été exilé dans le désert d'Arabie par un maître tortionnaire, devenu depuis homme d'affaires et proxénète. La situation se normalisait. Le chameau se résolut au suicide à l'aube. Le matin, les journaux réapparurent et les gens vaquèrent à leurs affaires comme si rien ne s'était passé. Les feux de signalisation se remirent à fonctionner. Les horloges marquaient l'heure. Le temps était doux. C'était une belle journée, une journée de pique-nique !

Au cours du bulletin de treize heures, une voix de l'Organisation de la Défense et de la Paix prit la parole et s'adressa à la population :

« *Louange à Dieu !*

Comment est-ce possible ? Nous avons été dupés par une bande de voyous, des enfants et des oiseaux !

Notre vigilance n'a pas été assez grande ! Nous devons redoubler d'attention. On nous invita à passer en jugement (jugement avant-dernier, disaient-ils !) avant terme. Ils nous ont dupés au point de nous faire croire que le soleil s'était arrêté et que nous devions subir ses brûlures. Notre impuissance ne pouvait provenir que de notre manque de foi et de notre vertu chancelante depuis quelque temps. Nos services nous ont appris que derrière ces événements se trouve une organisation étrangère ainsi qu'une vieille femme, une espèce de putain folle. Nous l'avons déjà arrêtée...

A présent que notre cité a été purifiée de tous ces éléments perturbateurs, notre Organisation a décidé dans l'intérêt général, et dans le but d'éviter une nouvelle invasion d'enfants/oiseaux, de stériliser une partie des mâles et de mettre à la disposition des femmes des pilules qui leur permettraient de ne jamais plus avoir d'enfants. En outre ces pilules détournent l'affectivité vers certains animaux. Ainsi viendront égayer vos foyers des bébés poulpes de toutes les couleurs.

L'autre décision qui a été prise par notre Organi-

sation bien-aimée est de renforcer notre foi : ainsi, il a été décidé d'augmenter le nombre des prières quotidiennes ; dorénavant, nous prierons sept fois par jour ; de même pour ce qui est du jeûne ; nous aurons à jeûner une semaine de plus ! Des lunettes de soleil spéciales vous seront distribuées pour vous protéger contre un éventuel arrêt du soleil. De même, nous allons doter la ville d'abris souterrains.

Nous organisons ce vendredi un grand banquet de couscous pour les pauvres. Il vous est demandé de vous asseoir avec eux, autour de la même table. Il est temps pour nous d'aider nos frères que le sort n'a pas favorisés.

Je tiens aussi à vous signaler que vous n'avez plus rien à craindre : les fous et hommes dangereux qui s'étaient échappés ont tous été arrêtés et remis dans leurs cellules.

Nous organisons pour les personnes qui ont subi quelques mauvais traitements des voyages et des cures en Suisse et autres pays d'Europe. Les prospectus sont à retirer chez votre marchand de journaux habituel. En plus de ces mesures immédiates, il a été décidé que cette année, toutes les personnes valides feraient le pèlerinage aux lieux saints et affranchiraient par la même occasion un esclave.

Le Seigneur ne cesse de nous avertir quand nous dévions du droit chemin. En effet, détournons-nous de la vie matérielle et tournons-nous vers l'esprit qui nous ouvre le chemin du paradis. Pensons à ceux qui souffrent ; pensons à ceux qui n'ont pas de fortune ;

pensons à ceux qui meurent sans amour... nos frères ! »

Au même moment, des hommes masqués torturaient Harrouda pour lui soutirer des aveux.

Impassible, elle les laissait faire.

— Tu es une sorcière, une sorcière sans âge ; tu auras le châtiment que tu mérites. Tu es une sorcière laide et sale. Tu pues comme un rat mort. D'ailleurs on dit que tu te nourris de rats ! D'où tiens-tu ton pouvoir ? Et pour quelles raisons as-tu réapparu ? Tu es revenue comme la peste...

— Je ne suis pas une sorcière.

— Alors tu es une putain ?

— Et que reproches-tu aux putains ?

— je leur reproche d'être des chèvres

— quant à moi, je leur reproche de marcher comme des grenouilles

— et moi je dis qu'elles ne jouissent pas ; elles ont la rancune du hibou

— elles portent malheur

— elles vivent du péché des autres

— elles ont des poux dans les poils du sexe

— elles sentent l'ail et le beurre rance

— elles boivent le sang de leurs règles

— elles urinent sur les pierres tombales

— elles se laissent sodomiser par les ânes sauvages

— elles sont superstitieuses
— elles sont sorcières
— elles troublent l'ordre social
— elles ne font pas le ramadan
— elles boivent du vin
— elles crachent dans le pain
— elles n'ont pas d'enfants
— elles ne travaillent pas
— leurs seins sont comme des fesses
— elles ont la langue et le sexe tatoués
— elles font du feu entre leurs cuisses
— elles ont un pacte avec Kandischa l'araignée
— elles fument du kif
— elles mangent du chien et achètent des bracelets en or
— elles parlent aux étoiles et trinquent à la santé du soleil
— elles charrient l'écume et apprivoisent les oiseaux
— elles se promènent sans tête le sexe béant
— elles naissent de la chair du ciel et font l'amour avec les enfants de l'aurore ; montrent leur sexe pour un peu de sucre et vous laissent le toucher pour une orange.

Harrouda était de cette race
fidèle et pure dans sa folie et son amour
elle fut notre premier amour

nous irons célébrer son culte quand les rapaces
auront cessé de nous dépecer
pour le moment
nous assistons impuissants à son interrogatoire

« — Je suis une araignée. J'ai vécu jusqu'à présent dans le crâne d'un fqih, un vieil homme vicieux qui faisait semblant d'enseigner la parole de Dieu. Il croyait que nos enfants étaient naïfs et innocents. Il fut étranglé par leur rire. Je me suis retirée dans ce crâne juste au moment où les gosses allaient me quitter. Mon sexe n'avait plus d'attrait. Je ne voulais pas affronter cet abandon. Je me résignai à la solitude et à l'exil. J'avais trop vécu et je refusais de retourner dans mon village natal où quelqu'un risquait de me reconnaître. Les filles là-bas se prostituent pour l'argent uniquement. Leurs maris sont parfois leurs propres proxénètes. Je trouve ça dégradant. Après tout c'est peut-être parce qu'elles ne peuvent pas faire autrement. La vie culbute et les laisse derrière elle. Pour un verre de thé vous pouvez avoir accès à leur solitude. Elles vivent par groupe de cinq dans des petites maisons basses. Le jour elles tissent des tapis qu'un homme de la ville vient récupérer à la fin de chaque mois. J'ai préféré donc me retirer. C'était l'époque de l'euphorie générale. On parlait d'une ère nouvelle : une ère de prospérité ; on parlait beaucoup de la liberté reconquise ainsi que de nos valeurs. On circulait dans les rues enveloppé dans les couleurs nationales. Les festivités avaient duré des mois. Mais déjà des hommes étouffaient dans des sacs de jute. Je commençai ma métamorphose ; je devins d'abord hibou ; ensuite je devins araignée transparente. Je savais trop de choses. On m'aurait liquidée dans un sac de jute ! J'avais peur. Alors j'ai dormi pendant des années. De temps en temps j'avais mal dans mon sommeil. Un jour j'entendis les cris des premiers enfants avalés par ce qu'on appelle « le poulpe de l'entente ». C'était le début de la fête. Bien sûr, les gens étaient surpris ; ils ne connaissent qu'un seul genre de fête et ils continuent à subir la violence quotidienne orchestrée de loin, bien organisée par des moyens ultra-modernes. Je ne pouvais laisser tous ces enfants — mes enfants — entre les tentacules des monstres. Je décidai d'interrompre le cours de l'exil et d'intervenir. Personne parmi les adultes ne se sentit concerné par ce qui arrivait. Les organisations politiques, les associations reconnues d'utilité publique, étaient toutes dépassées par les événements. Elles ne comprenaient pas non plus qu'une poignée d'enfants affamés et d'oiseaux rachitiques ait pu assiéger une ville. Elles ont souvent manqué d'imagination.

J'ai fait le voyage ; j'ai parcouru tous les égouts de la ville et je n'ai pu sortir que lorsque ma forme humaine fut reconquise. Je leur ai donné un coup de main. C'était normal. J'étais la seule à posséder ces billes rouges...

A présent vous savez tout ; je suis redevenue femme, vagabonde entre l'exil et la mort ; je suis seule ; je ne reverrai plus mes enfants ; je m'en vais...

La voix de Harrouda s'affaiblit dans les vagues lointaines ; parlait-elle encore ? Nous voulions encore l'écouter ; cette voix était la seule chose qui nous parvenait au fond du puits ; là, nous menions un combat contre les rats qui s'accrochaient à nos pieds pour nous entraîner dans le tourbillon. Nous étions quelques-uns à avoir trouvé refuge sur l'échelle circulaire du puits.

La libération des enfants et des oiseaux était due à une amnistie générale. C'était à l'occasion de la fête du mouloud. Les oiseaux se remirent à chanter. L'oreille attentive pouvait reconnaître dans ce gazouillement un vieux chant patriotique, un chant qui énervait particulièrement les soldats de Guillaume. Les enfants reprirent le chemin de l'école. Ils étaient très sages. On aurait dit de vrais enfants ! Ils étaient même tristes. Plus personne ne parlait de la fête. Ce silence inquiéta l'Organisation de la Défense et de la Paix. Des nains-policiers s'infiltrèrent dans les classes. Ils devaient jouer le rôle de provocateurs et rapporter tout ce qui se disait ou se tramait pendant les récréations. En échange, ils gagnaient un voyage à Lisbonne ; les plus méritants étaient envoyés aux Etats-Unis.

4

Tanger-la-Trahison

D'autres ont quitté le Rif.

La terre a englouti leur espoir. Ils sont venus à la ville voir la mer et oublier. Ils ont peint leur corps couleur de la terre.

nous n'irons pas à Fass les notables ont le ventre gros et les mains grasses ils ne savent pas rire

nous sommes venus tendre le bras pour tromper la brume du détroit désigner l'autre rivage sans le nommer nous le regardons s'éloigner le sable nous sépare

à l'entrée de la ville, un chameau nous a dit de cacher notre visage pour mieux trahir les séductions multiples et d'attendre l'arrivée d'une femme ; il nous a donné un pain d'orge à chacun et a disparu

s'il vous arrive à vous aussi de quitter la montagne pour aller à Tanger écouter le chant d'une femme, le dire d'un oiseau ou le bruit d'une légende, sachez reconnaître le vent doux de la trahison
arrêtez-vous près d'une fontaine publique — dans ces quartiers où une source d'eau dessert toutes les maisons — approchez-vous de la cohue   lisez le tracé du labyrinthe dans les yeux d'un enfant, celui-là même qui perdit sa mémoire dans le val de la pensée interdite
tournez-vous ensuite vers la mer   lisez l'écriture des vagues
face à l'écume tremblante, osez vous emparer de la grande robe bleue des deux mers
attendez la nuit du rocher elle viendra dans une charrette avec des songes interchangeables   elle viendra dans un chant andalou
tôt le matin vous irez soulever la dalle tombale du Saint et Maître de la ville Sidi Bou 'Araqya   vous y trouverez des parfums et des clés
faites une offrande à ses enfants — sacrifiez un taureau ou une chèvre — parfumez-vous pour que plus tard vous puissiez abandonner votre corps entre les bras de la reine bleue d'Andalousie/l'amante des sables adossée à l'étrave du désir/elle vous dira comment marcher dans les rues étroites de la ville ouverte   voir

l'amour et la terre liés dans la trahison du verbe qui monte, monte et se fait nuage
elle vous contera peut-être son histoire et vous deviendrez ses esclaves

Ma ville a subi le viol de l'aigle taillé dans le roc de Tarik. Les rues se sont faites dans le sillage du songe. Des chaumières sont nées de l'encens du paradis : les nomades ont quitté l'ombrage de l'olivier et sont venus écouter la mer sur l'aile verte de l'oiseau ému. La montagne ne porte plus dans ses flancs que les infirmes abandonnés depuis la guerre du Rif à l'étreinte de la mort. Ils fument le kif qu'ils cultivent et habitent leurs souvenirs.

La ville.

Le rêve se décompose. La désillusion est lente : l'hirondelle bat de l'aile et touche le sable ; elle dit l'absence ; elle dit la vague et l'écume réconciliées au seuil d'une mémoire graciée par le soleil.

La mort travestie voyage la nuit sur un âne docile ; elle refuse l'envol sur les grèves du matin ; elle a longtemps eu les pieds nus et le front en bois lisse avant de devenir l'étoile voyageuse qui s'éteint au lever du jour ; elle sort du roc, lame vive, chante la migration du destin.

Si vous désirez trahir dans ma ville, déchiffrez d'abord l'écriture des migrations premières...

Les corps se relèvent. C'est le désir. C'est le vent d'Est qui souffle sur écran de sable : la pierre nue devient femme au corps voilé. L'écrit né de la mer retourne aux signes de la vague/femme/enfant. Les syllabes, telles de petites meurtrissures, dessinent l'aube en symboles feutrés. Les verbes arabes virent au bleu nomade, destituent le destin au faîte du jour : c'est l'heure où le rêve éclate en petits cristaux que la langue lèche au soleil...

Tanger cache son visage   se farde   et vous ment
il n'y a pas de vestiges   ne croyez pas les livres
il n'y a jamais eu de ruines   le ciel a tout effacé

(Tingi, colonie romaine ? Des Romains à Tingi ? Occupée ensuite par les Vandales ?
Quelle histoire !
Et que faites-vous des résultats des fouilles archéologiques ?
Vous n'y croyez pas !
Alors il faut retrouver l'écriture intangible...
Non, ce n'est pas sérieux !
Vous urinez sur les ruines en dansant...
Vous riez... Imaginez ! Imaginez des temples, des forums, des basiliques judiciaires... Imaginez la guerre... Vous entendez le bruit de la mer
il n'a pas changé ! J'ai lu des traces... J'en suis sûr ! Reculez !

Reculez !
Un enfant vous parle...)

Votre sommeil s'achève sur le littoral d'asile depuis que l'horizon s'est fait désir sur front d'océans changeants. Un cheval d'ambre. Un chameau venu de Fass rend la ville captive ; ouvre son ventre ; descendent des jarres :
La première jarre est verte / herbe tiède
la seconde est blanche / l'enfant gavé de désir
la troisième est bleue / la mort
je suis le chameau que Fass a répudié
je suis le chameau qui a assassiné son maître
une femme du nom de Harrouda m'a caché dans sa grotte elle m'a donné ces jarres et un enfant pour guide
elle m'a aidé à quitter la ville et m'a dirigé vers le Nord où il souffle, paraît-il, un vent d'Est chaud qui lave les corps et épure les mémoires
je suis arrivé sur la nostalgie du chant, le ventre gros et l'œil humide
prenez soin des jarres
aimez cet enfant
Harrouda viendra vous voir elle aime le miel et le beurre rance
elle viendra colombe ou sirène
préparez-lui une fête ou un moussem
soyez généreux avec elle vous aurez son amour et sa bénédiction

Je me sépare du chameau et j'ouvre la première porte de la ville. C'est la fin du voyage. Les derniers instants de l'écume. Je regarde autour de moi. La distance la plus courte de la mer à l'autre espérance pointe à l'aube. Du haut de la Kasbah — notre tour des miracles — une cigogne s'envole et saigne le ciel. Telle est la parabole de l'attente.

Enfant de Fass je regarde ce que je n'avais jamais vu : l'écume/la mer.

Verte l'écume.

Synthèse de deux mers, chimère dans la nuit de la mémoire, elle m'enivre et me procure une réserve d'étoiles. Elle est promesse d'azur dit l'Orient. Elle est voile des amants que la vague enroule sur la tunique des sables. Elle est fièvre du vent du large dit le contrebandier. L'écume voyage dans l'empire des corps ouverts dit Ibn Batouta.

La main prodigue nomme l'innocence qui nous manque alors les vagues égarées percent le roc des siècles itinérants.

Une voix lointaine lève l'ancre/légende
elle est notre différence.

Hercule ne sortira plus le jour. Il restera prisonnier dans ses grottes. Maudit. Il a été maudit par la sirène des ténèbres pour avoir osé séparer Kalpé d'Abyla. Elle ne lui a pas pardonné cette audace qui allait contre son désir. Depuis il est devenu nain ; il fait rire les meules. Quelle misère !

Son mariage avec la sirène fut sa première blessure : découvrant son impuissance soudaine, il se jeta à la mer. Mais il fut repêché par les sbires de la sirène qui renouvela sa damnation. Il essaya plusieurs fois, mais en vain, de mutiler son corps inutile. Il se cachait dans le noir pour pleurer. Des voix disent qu'il a été acheté par un cirque minable où il remplace les clowns malades. D'autres affirment qu'il vit toujours dans les grottes, mais déguisé. Il est le guide qui vous promène et vous conte sa propre légende. Quand vous ne vous moquez pas de lui, il vous offre un verre de thé. Faites semblant de l'écouter et buvez à sa santé !

Le chameau m'a confié qu'une autre sirène viendra défier la légende. Elle viendra à la tête du cortège des enfants / oiseaux et s'installera nue sur le littoral.

Tarik bnû Zaïyad — un guerrier plus doué qu'Hercule — a fait de la mer notre écart. Pour déterminer ses hommes à combattre, il n'hésita pas à brûler leurs vaisseaux : une nouvelle violence a noué la mer voilée à la terre usurpée ; le discours fit le lien ; la parole que charriait le vent du détroit tombait en flammes sur les vagues :

Devant vous l'océan...
derrière vous l'ennemi...

Le fait accompli.
La parole en marche sur d'autres pierres.
Textuelle notre violence teintée de brûlures.
L'ennemi avançait. Le vent le repoussait. Tarik connaissait bien ses hommes. En mettant le feu aux vaisseaux, il fit surgir le projet guerrier des prémisses mêmes de l'impuissance.

Avec cette image nous avons fabriqué un héros, un vrai. Nous avons planté des fonds de bouteilles tout le long de la muraille pour préserver le héros et son image...

Aujourd'hui le rocher de Tarik sort dans la Méditerranée comme dernière provocation : reflux d'un ordre qui recule dans le temps. Les sables éternels déplacent ce souvenir dans la transparence du geste. C'est vrai ! Nous aimions bien cette histoire. Nous apprenions par cœur le discours de Tarik... C'est vrai ! nous avons planté des fonds de bouteilles... Il nous a suffi d'une boutade, un discours pour fabriquer un héros...

Ruiné, l'océan quitte nos rivages. Il abandonne le lieu de déperdition et nous laisse l'amertume. Pas même dignes d'être des corsaires   nous reculons dans le mensonge et le rêve   des fois les vents reviennent gercer notre blessure   Tanger a oublié Tarik   tourne le dos au rocher qui porte son nom. Aujourd'hui, ce territoire nous renvoie des épaves que nous revendons ensuite à des poètes fous et voyants. Ces poètes ont habité notre mensonge aux abords de la durée. Ils cherchent, à travers la fumée du kif, à lire d'autres textes, à voir d'autres images. Un jour ils ont vu, assise à la terrasse du café Central, la sirène ivre. Elle leur a demandé de lui confier ce qu'ils viennent chercher à Tanger. Ils sortirent leur sexe et urinèrent sur elle. On raconte que la sirène les priva de kif et de maajoun pendant huit jours...

Tanger, « une colombe dans une cage indigne » ! Colombe ou perle, peu importe ; l'essentiel c'est qu'on a versé du sang pour la préserver du destin-fourbe.

✱ J'ai entendu, un matin de l'an mil quatre cent trente-sept, le roi Ferdinand Ier du Portugal faire sa prière avant de charger l'Infant d'une mission périlleuse :

« *Grâce à Dieu Le Tout Puissant, nous planterons la croix en haut de la Kasbah.*

Comment concevoir encore que ces Maures restent à l'écart de notre foi, loin de la Vérité et de Dieu ?

C'est pour cela que Nous vous chargeons d'apporter par le fer s'il le faut la vertu et le bonheur en ces lieux barbares.

Vous partirez avec une armada.

Nous pourrons voir enfin ces Maures convertis à notre religion. Ils rejoindront nos rangs pour le bien de l'humanité. Tel est Notre devoir.

Mes nuits seront plus calmes et plus douces... J'épouserais bien une Arabe... »

✱ Des pêcheurs virent les premiers l'armada s'avancer. L'alerte fut donnée. De la Kasbah les canons tonnèrent et mirent en déroute les troupes du débarquement. L'Infant connut l'humiliation mauresque : lorsqu'il fut capturé, le coiffeur du quartier de la Kasbah le circoncit. Il fut ensuite emmené à Fass où il prit plaisir à la sodomisation.

On dit que la colombe a payé de sa vie pour sauvegarder la croisée des mémoires vagabondes. La croisée des continents et des mers avait son double, né de l'ombre : le vent/tantôt de l'Est tantôt de l'Ouest/. Dans la nuit, il se faisait ami et complice de ceux qui n'en pouvaient plus de rêver, se mutilaient, s'arrosaient de vin rouge et de pisse de chien et s'accrochaient à la dernière étoile. Ils venaient en Barbarie tracer la ligne du bonheur sur un corps livide et s'en allaient s'échouer sur la plage, conscients encore de leur décomposition. Ils fermaient les yeux et poussaient des râles : ils croyaient pouvoir lever le soleil ! Lorsque les premiers rayons atteignaient le rivage, ils étaient déjà tombés dans un profond sommeil.

Les mémoires vagabondes ont de tout temps vécu le bonheur et la déchirure à Tanger...

D'autres déliraient.

Je reconnus la voix de Charles II, agonisant. Il était venu se rouler dans le sable pleurer et oublier.

il avait apporté Tanger en dot à la couronne d'Angleterre en épousant Catherine de Bragance dot bidon !

dot imaginaire !

quelle audace !

la ville avait ses amants. Les mémoires vagabondes étaient prêtes à mourir pour elle. Charles II fut capturé et jugé sur la grande place. On cultiva un virus dans le sang du pauvre chrétien. Devenu syphilitique, il abandonna sa femme et devint clochard. On le retrouvera plus tard médiocre trafiquant de stupéfiants. La malédiction le poursuit depuis l'an mil six cent soixante et un !

Son délire fatigue les passants. Il ne cesse de raconter son histoire mais personne ne le croit... et pourtant il faut le croire... Quelle histoire ! Un prince déchu qui traîne le long des siècles sa démence. Oser offrir Tanger comme dot !

Défiguré, il vit à la jetée entre deux grosses pierres.

Les paysannes du Fahss enjambent souvent le corps du prince déchu quand elles viennent faire « des affaires » en ville. Elles viennent remplir le marché de sacs de charbon, de poulets élevés au grain et de fromage de chèvre. Le marché (socco grande) leur appartient le jeudi et le dimanche.

Nous abandonnons la mer pour la voix chaude et l'œil rusé des femmes du Fahss

elles sont tentées de nous faire croire qu'elles venaient des mers/sirènes échappées à quelques pêcheurs maladroits/ mais elles gardent dans la voix et le regard un peu de cette terre brune du Rif.

l'échange se termine tôt

allégées de leurs fardeaux, elles prennent le chemin du retour

c'est la fin de la journée et le début d'une longue nuit pour les corps qui se réveillent

avec le crépuscule, la terre parle sous la peau tannée des femmes qui écrivent sur le chemin l'aventure des amants fous :

Abd El Krim al-Khattabi organisait son armée et préparait la guerre contre l'occupant espagnol. Ses soldats étaient tous fils de la forêt. Amants de la terre brune, ils se laissaient prendre dans ses racines et dormaient dans son lit. Ils s'initiaient à la violence et apprivoisaient le défi. Un soldat poussa le défi jusqu'à l'infidélité.

Comment oser être infidèle à la terre quand on a rejoint l'armée d'Abd El Krim ?

Le soldat partit à Tétouan retrouver une femme.

Comment pouvait-on préférer une femme à la révolution qui se préparait ?

La honte bue, le corps du déserteur devint une cicatrice qui abrita des vers de douleur   la malédiction allait le poursuivre dans son errance

Sa complice prit la fuite et vint offrir ses nuits aux voyageurs pressés de passage à Tanger. Le destin les réunira plus tard sur un bateau qui échoua sur une île des Baléares. Le soldat devint singe et la femme crapaud. Ils gardèrent l'usage de la parole. Un Espagnol les recueillit et les vendit à un magicien borgne.

Tel fut le sort des amants indignes
amants maudits par la terre brune du Rif...

Abd El Krim !
Abd El Krim al-Khattabi !
Ho Chi Minh disait de lui : « C'est le précurseur ! »

Je nommerai d'abord ses victoires sur l'Espagne-la-Catholique :
Annual / Général Sylvestre
Mont-Arrui / Général Navarro

Je dirai ensuite notre défaite   sa reddition
Targuist / Le Capitaine Schmidt
Le Général Naulin
Le Maréchal Pétain
Son exil 1
Le paquebot Abda / La Réunion
Son exil 2
Le paquebot Kotoomba / escale à Port-Saïd
Le Caire
Instituteur   Cadi   Emir
Abd El Krim, pourquoi te nommer ?
La montagne est paisible.

Nous sommes d'Ajdir; nous appartenons aux Béni Ouriaghel du Rif. Nous sommes les descendants directs des Oulad Si Mohammad Ben Abd El Krim, originaires du Hedjaz, précisément de Yambo, sur les bords de la mer Rouge. Notre aïeul s'appelait Zarra de Yambo. Ma famille vint s'établir au Maroc vers le IIIe siècle de l'hégire. Ainsi donc, depuis plus de mille ans, la contrée qui s'étend entre la baie d'Alhuceimas et Targuist est bien notre patrie.

Abd El Krim : une mémoire a survécu.

L'écriture s'est ajoutée à la parole; la somme s'ouvre sur un livre; ils ont tenté de nous le faire oublier; nous disons aujourd'hui qu'il est devenu impossible de le refouler indéfiniment.

Abd El Krim, nous voulons savoir...

Les spécialistes s'arrachent le manuscrit :

— il est à moi Abd El Krim... il m'a confié des choses...
— non, il est à moi le vaillant guerrier, le révolutionnaire...
— imposteur! il ne faisait pas confiance aux étrangers...
— faussaire!
— calmez-vous! je suis le seul habilité à parler d'Abd El Krim.

Correspondant de guerre du *Matin*, j'ai franchi les lignes espagnoles pour aller interroger Abd El

Krim chez lui, et lui demander ensuite une confession sincère et contresignée par lui à bord du paquebot *Abda* qui l'emmenait vers l'exil.

J'ai été le seul à m'entretenir avec le chef rifain et son frère Si M'Hammed.

Abd El Krim tient pour nulles et non avenues toutes les déclarations de seconde cuvée qui peuvent avoir été et qui peuvent être publiées en son nom.

— Etranger, tu lui as fait dire ce que tu as voulu...

J'interroge le livre...

Mais qui le possède ?

Un livre c'est la naissance d'un voyage, le tracé d'un itinéraire.

Qui l'a lu ? Qui saura le lire ?

L'œil.

La mémoire.

La mémoire du Rif.

La fille du vent.

La sirène.

Les enfants/oiseaux.

Le cheval d'ambre.

Le chameau bleui.

L'orphelin de Fass.

L'événement est ailleurs. Allons à la forêt.

Comment parler d'Abd El Krim quand on n'est pas historien ? Suspendre la parole. Consentir l'écoute. L'arbre ou la pierre. Abd El Krim n'est pas un saint qui se relèvera intact de sa tombe. Abd El Krim est un homme, un guerrier, un militant... citoyen d'Ajdir, instituteur à Melilla, cadi puis émir.

Nous répétons après les autres que jamais Alphonse XIII ne put se relever des sanglantes défaites infligées à ses troupes par l'Emir. Annual ; Mont-Arrui ; la différence de boue et de sang qui nous sépara de l'Espagne

Melilla.

J'étais instituteur à Melilla.

1946 : les Espagnols s'installent à Melilla ; une occupation teintée de catholicisme !

Après le désastre d'Annual, les troupes espagnoles se replièrent dans la direction de Melilla. Le général Sylvestre avait succombé au cours de la bataille.

La débâcle espagnole fut consommée par la défaite de Mont-Arrui où nous fîmes prisonniers le général Navarro et deux colonels. A l'issue de cette bataille, j'étais parvenu sous les murs de Melilla... Je m'y arrêtai...

Nous avons commis la plus lourde erreur en n'occupant pas Melilla.

Le 1er février 1922,
Abd El Krim est nommé Emir du Rif.

L'Emir sans idéologie.

L'Emir en exil.

La naissance de l'oubli.

De la terre brune aux champs de cannes à sucre.

Homme d'action, l'Emir a souffert d'être séparé de ses montagnes et de ses hommes. Le temps de la réflexion commençait pour le combattant.

Comment vivre l'humiliation de l'exil espérer
consentir la mutilation

Transporté dans un autre continent, pouvais-je encore rêver de libérer le pays et de l'unir ?

Sous l'apparence d'une certaine générosité, le colonialisme français a été plus cruel. Bien sûr, ils ne m'avaient pas séparé de ma famille, mais je n'avais plus de patrie. Je fis l'apprentissage de la solitude, la solitude qui effaçait mon identité. Je devais cesser d'exister... m'éteindre petit à petit. Pendant ce temps-là, des caïds, des féodaux — mes compagnons de lutte — quittaient un à un le Rif, prenaient goût au commerce et aux affaires ; ils se sont installés à Tanger, Tétouan, Alhuceimas... Certains se sont retirés à Melilla et Ceuta et se sont rangés à l'ordre de l'occupant... Ils trahissaient le Rif... Ils trahissaient le pays... Après tout, ces gens-là n'étaient pas hommes du peuple ; ils venaient vers moi, me soutenaient parce qu'ils devaient considérer que mon autorité et mon gouvernement pouvaient garantir leurs intérêts... Oui, dans la guerre du Rif, il n'y a pas eu de lutte des classes... Nous avions avant tout l'objectif guerrier : libérer le pays, vaincre l'ennemi. L'occupant nous harcelait de partout et il fallait riposter et démythifier sa prétendue supériorité.

J'avais tout fait pour avoir des avions ; je voulais survoler la terre   donner à mes hommes un nouvel élément de fierté   « crever l'œil » des Espagnols, comme on dit ! enfin nous imposer face à ceux qui nous méprisaient, nous imposer comme nation moderne...

Annual.
Mont-Arrui.

La monarchie espagnole perdit le peu de prestige qui lui restait après ces deux défaites infligées à ses meilleurs généraux.

Lyautey.

Il disait : « J'aime les Rifains comme ils sont, mais je ne veux pas qu'ils grandissent... » C'est pour cela que la France a dû déplacer le maréchal Pétain en personne secondé par le général Naulin pour tenter de mater la révolution rifaine... Ils ont visé la tête ! ils l'ont décapitée...

Depuis que je suis au Caire, je pratique la parole ; je lance des appels... pour l'indépendance... pour la libération... l'émancipation du peuple... Je m'ennuie...

Le reste du temps j'apprivoise la mort   la mort lente   la mort douce   la mort étrangère au soldat que je fus la mort civile la mort indigne.

Loin de la terre je vais devenir un mythe ou une légende... je vais devenir une pierre, une motte de terre noire, un héros isolé, cul-de-jatte...

Je reviendrai à la terre.

Je reviendrai voilé... Il y a encore des enclaves où la glèbe vous parlera... Quelle langue ? Je ne sais pas... Ecoutez le vent du Nord... Ecoutez l'arbre : il abrite une femme ; on dit qu'elle est folle ! Je ne le crois pas... Un jour elle descendra dans la ville vocaliser notre histoire... Soyez généreux avec elle...

Fass, lieu de quelle écriture ?

Cité de la parole et du livre. Ce ne peut être un champ de bataille, mais on y commente beaucoup la guerre... J'avais failli la libérer. J'étais à vingt-sept kilomètres de l'entrée de la ville. Sur mon chemin je ne rencontrai aucune résistance... alors j'ai hésité... je craignais un piège. Je fis demi-tour et partis avec mes hommes au nord.
Tanger.

Lieu de la trahison trahison et corruption des hommes s'y retrouvaient tous ceux qui élaboraient tranquillement dans des chambres d'hôtel des plans pour piller les mines du Rif et asservir le peuple. La concurrence entre eux n'excluait pas l'idée d'un certain partage : disons que les uns prendraient le cuivre (et peut-être l'or) de Jbel Haman, les autres se partageraient le fer des Béni Touzine et le plomb des Béni Arous !... Ils se présentaient à moi (Colonel Barry / Anglais / Hacklander / Allemand / Malmussi / Italien) comme fournisseurs d'armes et sauveurs descendus du ciel...

C'est à Tanger que les jbalas (les montagnards) trafiquaient et nous faisaient parvenir des vivres. Mais Tanger a toujours été le lieu des séductions : on y trahissait tous les ordres. Lieu de la méfiance. Chaque homme porte en lui une énigme : fouillez-le et vous trouverez cachées dans ses poches des écritures illisibles... Une parole confuse. L'événement est ailleurs. Dans les montagnes du Rif ou dans les mers. Circulez dans la ville et essayez de retrouver les deux traîtres, Seliman Katabi et Amar, tous deux agents de l'Espagne, au service de Aizpuru et de Berenguer ; interrogez-les et vous verrez surgir de nouvelles énigmes... C'est par eux que passe le destin fourbe...

J'ai appris qu'un homme s'est déguisé en destin et a fait une fête pour les traîtres. Les invités étaient tous ivres et copulaient avec leur propre progéniture ! Le lendemain il est tombé une pluie de grosses pierres. Les traîtres se portaient bien :

Bou H'mara

chef pillard ; il était toléré par l'Espagne ; il a

fallu que mon père et Mohammad Al Khamlichi constituent un bloc oriental pour mettre fin aux aventures du chef pillard.
Vous savez qu'il a été mis dans une cage et promené dans la ville. Cette cage est exposée actuellement encore au musée d'El Batha à Fass.
Ses compagnons qui ont survécu ont volé son corps et l'ont caché dans le ventre d'une ânesse... Des rumeurs disent qu'il a ressuscité et qu'il vit dans une grotte à Taza où il prépare sa revanche...

Seliman Katabi

traître traditionnel.
Espion mesquin.
On dit qu'il a empoisonné mon père et qu'il a encouragé la culture du kif dans les plaines de la terre brune...
Sans importance.

Amar

espion sans envergure.
Nous le laissions opérer.
Il a été emporté par cette maladie qu'on appelle « la fleur ».

Je reviendrai à la terre.
Je reviendrai voilé...

La vie faite, se défait à Tanger dans des petites phrases où « la gloire est un mot vide de sens ».

Un peintre ébloui disait des femmes qu'il rencontrait dans les rues de cette ville : « Leur ignorance fait leur calme et leur bonheur. »

Ce n'est pas juste !

Ni ignorance, ni calme, ni bonheur.

Seule la couleur est vraie concrète et foudroyante Seule la couleur est violence intégrée dans des corps.

Avez-vous jamais regardé — regardé vraiment — les yeux des hommes et des femmes du Rif ?

Non, reculez.

Regardez le paysage : l'écran translucide.

Regardez le Détroit de Gibraltar.

Lisez la légende.

L'oiseau rare.

Vous verrez deux visages (l'autre est une farce), mais l'un est oubli de l'autre.

Que faire de ce lieu si vous n'êtes même pas capables de trahison ? Et qu'y faire aussi ?

La mémoire consomme le détour du ciel. L'enfant qui vous faisait part de sa solitude a trouvé un nouvel amour dans un tronc d'arbre dans un morceau du ciel dans la promesse fragile de la montagne.

Traversez ces mots.

Le 29 février 1832, Delacroix écrivait de Tanger :

« ... *Si vous avez quelques mois à perdre quelque jour, venez en* Barbarie, *vous y verrez le* naturel *qui est toujours déguisé dans nos contrées, vous y sentirez* de plus *la précieuse et rare influence du soleil qui donne à toute chose une vie pénétrante...* »

La civilisation est une teigne   mais le naturel est une tare que les barbares traînent avec eux depuis l'invasion hilalienne. Retirons-nous pendant que les signes flambent.

Nous ne   savons   plus.

Nous laissons aux autres le privilège d'épuiser les signes du ciel.

Ecoutons le chant des femmes du Fahss. La voix est déguisée.

Le teint. Il n'y a pas de teint.

Le regard perturbe la ligne horizontale

menace l'écriture de droite à gauche menace le sommeil difficile de la ville annule les rêves substance blanche.

« ... *Ces gens-ci ne possèdent qu'une couverture dans laquelle ils marchent, dorment et sont enterrés, et ils ont l'air aussi satisfaits que Cicéron le devait être de sa chaise curule...* »

Tanger, 29 février 1832

« ... *Ils sont près de la nature de mille manières : leurs habits, la forme de leurs souliers...* »

Tanger, 28 avril 1832

La pointe de l'usure.

Absence de nœuds. La nature a la lèpre. L'insouciance. La lumière est chant. Accumulation de signes vides.

(Il n'y a) ni beauté spirituelle de la simplicité ni beauté objective et concrète de la simplicité
ni la simplicité elle-même
mais derrière et plus loin (Antonin Artaud)
la trahison
qui sera toujours là pas toujours visible
le porteur d'eau trahit les signes qui voyagent décore la farce le fumeur de kif trahit la légende un réel évacue un autre le contrebandier trahit la syntaxe lecture pertinente de l'échange l'homosexuel trahit le sexe

écrit la rotation du corps dans les maisons basses de Béni Makada
voilà

« Cette ville/Tanger/pour moi représentait si bien, si magnifiquement la Trahison que c'est là, me semblait-il, que je ne pourrais qu'aborder » (Jean Genet).

Le voleur a débarqué à Tanger. Il portait sur son front, visible pour tous, inscrit le mot *traître*. La cité fabuleuse. Le symbole même de la trahison. Zone ouverte à l'aventure du jeu et de la mort. La ville vendue au plus offrant. Le manuscrit volé. Le caftan d'une jeune mariée taché de sang. Le voile du corps esclave. L'amour voilé de deux jeunes filles. L'oiseau des sables blessé.

C'est vrai

« les films et les romans ont fait de cette ville un lieu terrible, une sorte de tripot où les joueurs marchandent les plans secrets de toutes les armées du monde » lieu terrible d'une violence à venir

Peter Cheney boit son scotch la main sur le revolver   personnage dédoublé

Al Capone aurait pris quelques jours de vacances chez une femme du quartier de Bnider   il serait parti avec une maladie qu'on appelle la fleur   la peur traverse les murs   on entrevoit le péril

« Tanger est devenue une zone de péril et de

machinations internationales... Pour lutter contre les agents soviétiques, une Police espagnole est nécessaire parce que son anticommunisme est sûr » (Périodique madrilène « YA » 8 mai 1952)

un décor et une légende

la mort circule sur une bicyclette rose

de jeunes garçons pourvus de deux sexes couchent nus sur le sable mouillé

ils ont l'intention de trahir

au passant de savoir lire

quand ils ne sont pas sur la plage, ils sont dans les cafés des quartiers que fréquentent les Européens

ils posent leur sexe sur la table et attendent

tôt, ils sont initiés à ce commerce mais sauvegardent l'ambiguïté dans le geste et le regard

cette mise en place est symbolique

conscients de l'inégalité de l'échange/l'un produit le plaisir ; l'autre donne de l'argent/il pose la différence avec agressivité le corps du jeune garçon jouit dans l'humiliation qu'il impose à l'autre.

il pense le « transpercer » dans sa dignité : la sodomisation est considérée comme le comble de l'humiliation.

l'homosexuel-voyageur (souvent riche) qui vient à Tanger (parce qu'on lui a parlé de ce lieu féerique où toutes les trahisons sont possibles) ne sait pas — et ne peut pas savoir — que même s'il exploite une situation inouïe où des corps se donnent pour peu, comment il est vu et considéré par ces corps ·

la complicité existe à peine

la « honte » est à la charge de l'autre, car c'est lui qui vient dans ces lieux (chauds) pour la transgression

ce voyageur porte avec lui un « sens » qui tourne à vide

il se donne à l'Arabe dont la misère est à l'origine de cette situation

il a la satisfaction de transgresser par le sexe sa propre morale au seuil de la durée orientale dont il ne connaît que l'aspect de séduction

en fait il n'y a qu'une illusion d'échange

rien ne circule ne passe entre eux (si ce n'est du sperme)

dans ces rapports, la différence est d'emblée posée : du coup l'alternative se trouve « brouillée » deux durées se rencontrent sans pour autant se toucher

deux conceptions du plaisir et de la honte

le garçon pense faire honte à l'Occidental : il est fier et en rit

cette fierté est virilité

cette « pratique assez facile de l'homosexualité » vient du fait de l'existence d'une misère matérielle et sexuelle

l'étranger vit une certaine forme de la *culpabilité* qu'il tend à masquer, et à oublier en venant à ces pays où la pratique est facile

Tanger est depuis longtemps ce lieu où on espère perdre sa culpabilité.

« je suis venu de la montagne. On m'a dit qu'à Tanger tout est possible. J'ai fait plusieurs métiers. Mes copains n'ont pas honte ; ils se couchent sur le sable, la braguette ouverte ; ils attendent que les touristes les remarquent. Ils mettent de la brillantine dans les cheveux, mâchent du chewing-gum et fument des cigarettes américaines. Ils portent les habits des étrangers.

Moi, je m'installe au café, au Gran Cafe De Paris... C'est plus digne !

Je les transperce... je les fais payer et je ris. Ils me font des cadeaux et quand ils voyagent ils m'envoient de l'argent. Y en a qui m'ont proposé de partir avec eux en Europe... Je n'ai pas eu confiance, car une fois là-bas, ils peuvent me laisser tomber.

D'une certaine manière, nous les possédons. Ils se passent les adresses et nous disent qu'ils nous aiment...

Avec leur argent, on va chez les putains. »

Tanger est restée ce lieu rêvé où les porteurs de signes étrangers s'affrontent : chacun sa couleur, son parfum, son voile, avec cependant une intention commune : sonder notre durée et s'approprier notre désir ; pour cela, ils tiennent à sauvegarder notre folklorité dans un espace d'exotisme préfabriqué.

L'image.

La représentation.

Séduction du mensonge.

Le plaisir, décomposé en vingt-quatre syllabes par seconde, décrivait sur page blanche l'aspect le plus fascinant de la trahison. Mais Tanger était trahie cette fois-ci de la manière la plus médiocre .

Tanger travestie, maquillée aux couleurs hollywoodiennes avec la Kasbah en carton-pâte et la Grande Mosquée filmée en transparence. Elle a dû prêter son corps à des tatouages que le vent d'Est balayait sans laisser de trace pendant que des personnages en papier se carbonisaient dans notre imaginaire.

Tanger mal filmée

un corps mal aimé

Tanger mal écrite

La nommer   la représenter   c'était la détruire

La ville vivait voilée dans le corps de chacun.
Comment pouvait-on prétendre la déshabiller et caresser sa nudité ?
Ceux qui avaient osé le viol
ont été emportés par la malédiction et la honte.

Les femmes du Fahss cachent leur visage avec leurs babouches devant les touristes photographes
et pourtant
l'image a envahi la ville

l'image de Sidna Antar dont l'épée traverse le corps de l'infidèle
la main khamsa tatouée pour tous les talismans

la photographie de la Kaaba tirée à des millions d'exemplaires
le portrait d'Oum Kaltoum
l'affiche de *Et Dieu Créa la Femme*
Vera Cruz
La Tunique
La Lance Brisée
Deux salles de cinéma face à face : *Alcazar* et *Capitol.*
Deux salles où nous avons pris une réserve d'étoiles et de rêve. Le choix du film reposait sur des critères simples : la vedette ; l'aventure-l'action-la violence (on notait sur un tableau le nombre des

bagarres) ; les femmes (ce qu'elles montrent ; le nombre de baisers)...

Un film par jour ; une certaine violence en exclusivité ; nous laissions la réflexion à ceux qui refusaient la complicité du mensonge. Pour nous un film est une invitation au jeu. On va au cinéma pour jouer. Si le film ne nous inclut pas dans son jeu (manque d'action et de violence) on le refuse, on sabote sa projection. L'opérateur a dû une fois interrompre la projection du film de Robert Aldrich *The Big Knife* parce que ça discutait trop et ça ne bougeait pas assez. Le public hurlait dans la salle. Le film de rechange était une magnifique aventure de « Zarak le valeureux », un film de Terence Young, tourné à Tétouan avec Victor Mature...

Le spectacle, lieu de la complicité ; l'identification au héros (le garçon de la simulation) est immédiate et sans réserve. La salle est lieu de fête. On applaudit le héros ; on lui parle ; on l'insulte ; on le félicite ; on l'aime et l'on continue de lui parler en dehors de la salle de projection.

Aujourd'hui le lieu de la fête est triste.

Alcazar et *Capitol* ont maintenant les murs fissurés.

L'écran s'est noirci. Les chaises ne tiennent plus. On s'est mis à y projeter des films français. Le public aussi a changé : il n'ose plus apporter son manger au cinéma.

On assiste aux projections dans le silence et l'ennui.

Il n'y a plus de complicité avec le mensonge.

La fête est ailleurs.

On ne trahit plus à Tanger.

Je ne sais pas si Genet dira encore aujourd'hui : « ... j'irai à Tanger, et peut-être serai-je parmi les traîtres et deviendrai-je l'un d'eux... »

L'aventure est dans les livres. Il existe encore quelques traîtres, mais ils vivent cachés, dans la montagne ou sous le sable.

La parole appartient encore au citoyen de l'Interzone,

le spectre gris cramponné à la drogue el hombre invisible William Burroughs abaisse son regard voit son pantalon crasseux les jours passent en glissant comme enfilés à sa seringue au bout d'une longue aiguillée de sang

« *j'ai oublié l'amour*
l'acuité de tous les plaisirs du corps
je suis un spectre gris cramponné à la drogue »

Kerouac s'attablait *au Café de Paris* et parlait dans des corps vides

Ted Joans écrivait des poèmes fous   lisait les rues de la ville à voix haute

Burroughs opérait une classification du hachisch :

« *le maajoun : sorte de cannabis séché et réduit en une fine poudre verdâtre qui a la consistance du sucre et que l'on mélange à une sorte de confiserie au goût de mauvais pudding sableux.* »

D'autres se retrouvaient à la Librairie des Colonnes, lieu de l'écriture plurielle, lieu de la lecture à plusieurs voix

Genet
parleras-tu encore du prestige de cette ville qui n'est plus le repaire des traîtres que tu aimes ?
plus personne n'ose trahir
des jeunes gens désœuvrés traînent dans le socco chico à la recherche d'une quelque séduction
croyant trahir l'ordre
croyant trahir le pouvoir
croyant trahir la famille
ils viennent d'Amérique et d'Europe au moment où notre continent perd sa différence

et pourtant d'autres installent la différence quotidiennement : un échange de violence pour une identité

entrez dans un café asseyez-vous par terre
croisez les jambes
écoutez

le café
Lieu soustrait au temps.
Fermé / refusé à la femme.
Proscrit à l'enfant.

La femme est née à la source du malentendu. Une femme dans un café ne peut prétendre qu'à deux statuts : femme de ménage ; prostituée déchue.

L'enfant ne peut y avoir qu'une fonction : apprenti-cafetier-serveur.

Cependant, le passage à l'âge d'homme s'effectue brutalement : le garçon le manifeste par l'entrée à ce lieu d'exil le plus proche — taverne obscure où se trament des histoires fantastiques — lieu où l'on tourne le dos au réel.

Aller au café est l'étape parallèle à celle de la première cigarette et des premières masturbations.

Aller au café   fumer   se masturber.
Aller au café   désigner une seconde demeure
c'est élire un territoire dans le continent de la solitude
on *se* donne   on s'adonne au café : on se « *caféise* » tout en se « *kifant* ».

Lieu de l'écriture.
Non.
Pas tout à fait.
Lieu de la parole. Mais quelle parole ?
La parole est rare. La parole est inutile.
La violence faite quotidiennement à tout un peuple rend la parole rare et inutile. Ce qui se dit est apparence. Les mots qui peuvent être dits sont en fait incapables de contenir l'autre violence, celle qui accumule accumule accumule   jusqu'au jour où elle éclate dans la rue face au ciel paisible
jusqu'au jour où des enfants ou des oiseaux saignent l'arc-en-ciel   alors on réunit les arbres   on entasse les mosquées   on ouvre les livres
on colore le sable et on mange l'algue   ce jour-là on fait des discours   on baise des gazelles et on creuse la terre.

Au café on échange les cartes ; on laisse la violence muette flotter ; elle s'accroche parfois sur la natte qui couvre le sol   sur la natte qui couvre les murs.

Quand il fait beau on préfère suivre la parole — la voix et son timbre — pour découvrir l'itinéraire de la mer ; le fluide de la passion nous retient.

Les hommes assis, les jambes croisées, racontent la mer ;

il était une fois

c'est vrai

une histoire étrange mais vraie   cela m'est arrivé un soir alors que je pêchais au large des grottes   c'est vrai, je l'ai vue de mes propres yeux   je l'ai vue de mes mains   tout mon corps l'a vue   une femme   une femme sans âge   pas une sirène ou un oiseau   non, une femme, une vraie, avec une longue chevelure elle était toute nue   elle n'avait pas de poils sur le sexe   elle était apparue comme dans un rêve, mais là, elle était réelle, puis elle m'a parlé   elle était debout sur l'eau   elle m'a dit   toi tu es un humble, tu es pauvre, tu mérites une vie plus belle, tu aimes la mer, tu aimes les hommes, tu es brave, va dire aux enfants, va annoncer à tes compagnons de misère qu'elle arrive de la mer ou de la montagne, tout dépendra du vent, elle apportera des fruits et du miel, dis-leur d'être généreux avec elle, elle aime la simplicité et la tendresse, préparez la fête, détachez le chameau...   puis elle a disparu, je n'ai même pas eu le temps de croire à son image, mais je l'entends encore   une voix humaine   je n'aime pas les symboles toutes ces insinuations   à Tanger nous n'avons jamais eu d'histoire avec des gens de l'au-delà, peut-être parce que nous sommes tout près des Européens   ce sont des choses qui arrivent à Fass surtout dans les salles obscures des hammams ou bien dans les fours   des hommes sont morts frappés par la malédiction de femmes invisibles qui leur parlent dans la nuit mais dans mon cas c'est différent   cette femme était humaine j'ai oublié de vous dire elle n'avait pas de poitrine

On raconte la mer. On boit le thé. On fume le kif. On occupe ses mains. Le geste suffit. Il devance la voix. C'est une rupture avec l'écrit, rupture accentuée par le recours à l'improvisation. En fait l'expression est dans les mains, dans les yeux qui découpent l'espace. L'enjeu de la métaphore n'est pas visible ; il est senti ; il s'agit de renvoyer le temps à d'autres lieux.

On s'assoit par terre, sur la natte. Les jambes croisées. C'est déjà une distance, une différence
et l'on devient récitant.

Tanger.
Quartier du Marchane.
Qahwat el Hafa ; café de la falaise.

De cette terrasse sur la falaise, la mer est lisible : le regard tourné vers le rivage andalou ; les pieds enracinés dans la terre molle.

Pour certains passagers c'est la contemplation, la béatitude ! Ils viennent de l'autre côté de l'Océan violer un morceau de terre paisible ; ils se déchaussent comme s'ils allaient entrer dans une mosquée ; ils ont été attirés par le parfum du kif ; doucement la brise les repousse vers la porte ; vous les retrouverez tard dans la nuit quelque part dans la ville, assommés par l'alcool, leurs poches pleines de cartes postales du paradis et de babouches de Tétouan ; ils voyagent dans les maisons tapissées de papiers peints, mangent des vers luisants, fument du thé qu'on leur a vendu pour du kif de Kétama, dorment entre les seins d'une vieille sorcière...

Les autres sont installés au café à l'abri du vent, destinés à être soustraits au temps des hommes.

Le lieu est nu.

Le meubler serait une façon de nommer le temps.

Une natte et quelques tabourets pour poser les verres.

Feu de charbon.

Ils savent que la mer les protège. Ils savent qu'elle est parabole qui fuse en sources multiples

tantôt miroir   tantôt femme. Le geste de la main (main droite, préservée de la souillure) est médiateur.

Ceux qui les observent concluent à la théâtralité ; on dit bien « cérémonie du thé » !

Non, il n'y a pas de théâtralité. Il n'y a qu'une simple existence :

Le lieu.
Le thé.
L'aise.
La parole.
Le geste/le corps.
Le kif.

1.0. Le lieu
nu et fraternel.

1.1. Le thé
substance étendue.
On dit qu'il provient de Chine.
Est bu quand il a bien décanté.
Jamais de tasses ; servi dans de grands verres.
La menthe est fraîche ; la plus parfumée provient de Moulay Idriss Zarhoun.
Le verre est servi (parfois) avec un petit couvercle pour empêcher les abeilles d'y tomber.

1.2. L'aise
Assis par terre ; adossés au mur ;
les corps dans de grandes jellabas ; refus de mouler/étouffer les corps ; au large dans des pantalons arabes plissés.

1.3. La parole

Pas de maître qui détient la parole.
La voix exclut le message et l'échange.
La cendre des mots retourne à la cendre du kif.
La parole se consume dans la nappe de fumée qui endort.

1.4. Le geste/le corps

Le corps, écran entre la ville blanche et la mémoire éparse.
Le vent doucement arrache les cœurs et les suspend au niveau des nuages. L'œil suit le mouvement et se perd dans le silence de l'oiseau qui a trouvé refuge dans les rides du matin.
Les sexes bandent sous les jellabas. Les petites fesses de l'apprenti provoquent un délire à peine dissimulé.
Les sexes déchirent les jellabas et pourchassent l'enfant qui se cache entre les jambes du cafetier.

1.5. Le kif

Les effluves de fumée dessinent les remparts de la ville oubliée.
Tout en cinglant la chute du rire, elle somme la vague de venir mourir sur son sexe.
Le rire efface le tracé de l'inquiétude ; il ouvre les portes d'une ville sans rues, sans labyrinthe,

une ville dont la topographie a brûlé avec le feu du matin ; s'y perdre est un bonheur que les anges du vertige nous recommandent.

2.0.

Nous reste la mort qu'on touche des doigts
entre les rainures d'une feuille de menthe
espace clos
à peine murmuré dans le pli du rêve.

Le lieu est sombre.
Est-ce la fin du jour ?   Est-ce la nuit ?
Il n'importe...

5

Syllabes voilées

« *Sans fumer soi-même (ne serait-ce que par l'incapacité bronchique d'avaler la fumée), comment être sensible à la* bienveillance *générale qui imprègne certains locaux étrangers où l'on fume le kif ? Les gestes, les paroles (rares), tout le rapport des corps (rapport néanmoins immobile et distant) et distendu, désarmé (rien à voir donc avec l'ivresse alcoolique, forme légale de la violence en Occident) : l'espace semble plutôt produit par une ascèse subtile (on peut y lire parfois une certaine ironie).* »

ROLAND BARTHES

Fumer

le kif pour ébranler le sens gravé sur le corps
le kif pour écrire le mouvement de la désillusion difficile   pour arrêter le flux du geste accablant   pour émacier le visage de l'homme tranquille   pour habiter l'espace neutre   suspendre le cœur qui crève   faire des trous dans le manteau de la solitude   mentir à la douleur
s'emmurer dans d'autres corps

le kif pour condenser le plaisir   saisir la jouissance dans une phrase sans détour   étaler l'oubli sur ciel ouvert   nommer le retour changeant de la violence
violence osée

violence née des silences accumulés   elle tourne dans le ventre nous la retenons dans une bouffée de fumée   nous détenons ses fibres dans notre sommeil   nous la dissimulons derrière le voile

voile épais de la fumée qui entraîne l'asphyxie et la première mort

voile fin qui cache le visage de la femme

voile et fumée des syllabes refoulées au fond de la gorge

voile et cendre de la trahison qui voyage

voile du vivre

être présent à cette terre ; boire son eau ; retenir son soleil ; l'épouser et mourir pour l'avoir trop aimée

se soustraire à l'ordre de la mouche et du miel

habiter l'autre violence

Fumer le kif c'est savoir se retirer dans l'espace d'une grande parenthèse pour dire/tracer/tatouer la différence :

les artisans fument parqués dans leur solitude ; ils ont droit à tous les mépris : la pauvreté est source de honte ; les artisans ont les mains calleuses, grossières, sales : leurs mains les trahissent aux yeux des notables (le ventre gros et la peau grasse) de Fass ou d'ailleurs ; voyez les tanneurs de Fass : condamnés à transporter toutes les teintes sur leur corps ; ils sont damnés car le safran a coloré leurs mains, leurs bras, leur ventre, leurs testicules...

c'est écrit sur leurs corps...

le tort

leur tort est de vivre près de la terre, près de la source, près de la pierre   leur tort est que leur sang soit « corrompu » par

l'argile

la société aisée de Fass et d'ailleurs distribue codes et valeurs : elle décide le partage du pouvoir et du bonheur. Les artisans comme les paysans sont exclus du champ du partage... Pas de prétention à la vie !

Les artisans vont se retrouver dans des cavernes obscures où ils traceront une ligne entre ceux que le ciel a élus et ceux qu'il a maudits ; l'activité de l'artisan/prolétaire s'accomplit dans le défi silencieux du kif : un langage, une durée ; un espace.

Le langage est chargé de violence verbale ; les choses sont nommées, tournées et retournées dans le sexe ; l'insulte est facile : référence à la famille, la religion de Mohammad, le sexe de la mère.

La durée est l'étalement des mots et des émotions dans un temps indéterminé. La perception est lente. Déplacement des sens.

L'espace se donne dans deux lieux : la boutique ; le café.

La boutique où les mains produisent ; le café où le corps s'abandonne. La boutique c'est aussi le capital : la matière à transformer, les objets fabriqués, la natte, un ou deux tabourets, quelques photos de magazines, un réchaud, une théière et quelques verres, un transistor... plus la planche sur laquelle le kif sera coupé, le couteau courbe, deux ou trois sebsis (pipes), une dizaine de têtes de sebsi (chkaf).

Le café est un territoire complémentaire : on met en vers la magie blanche ; on souffle sur le voile de fumée qui plane au niveau des turbans ; on ne « s'évade » pas ; il n'y a pas de fuite... comment parler d'évasion quand fumer est vécu comme un besoin quotidien ? Comment parler d' « évasion » quand, pour se réveiller le matin (réveiller le corps, lui donner les premières perceptions), on a besoin de tirer quelques bouffées (pour s'ouvrir les yeux) ; (nos femmes peuvent en parler ; elles portent les cicatrices de cette violence quotidienne) elles peuvent témoigner sur les corps habités par le kif et le besoin. La nuit a peine à se retirer de ces corps las qui ont rompu avec l'éternité. L'aube ne pointe jamais sur ces corps qui ne rêvent pas ; elle longe la ligne de leur sommeil, frôle leur solitude en glissant entre les pierres. Comment laisser les autres parler de paradis artificiel ? Il n'y a pas de perte ! Les hommes qui fument ne le font pas pour retrouver un état qu'ils auraient perdu... Ils ne s'amusent pas... Ils vivent le kif sans tromper leur désespoir ni perdre leur lucidité... Ils ne désirent pas échapper au sort ni tromper le destin... Comment mettre un voile sur la misère, quand cette même misère respire par nos pores ? Nos corps pleins de la mort se nourrissent du flux de cette misère, intériorisant sans cesse le délire, repoussant le murmure de l'hallucination. Nos corps traversés de lames s'accrochent à la terre de la vie répudiée

mais a-t-on vraiment répudié la vie que l'anus du père a sécrétée dans un spasme nerveux ? a-t-on vraiment osé offrir le lait de la gazelle à nos mères ?

enfants

nous avons bu les urines du père   la nausée, la salive amère, la tête pleine de graines du suicide (toujours reporté), nous formulons le désir de brûler les champs de kif et de retourner nous blottir entre les jambes de Harrouda, nous enfermer dans ce corps hospitalier, porter nos mères vers les lieux de la fête et de la couleur dans les champs de rêve dedans l'arbre magique   nous inviterons tous les enfants à dîner à ouvrir le ciel et faire des poèmes   nous laisserons le kif à ceux qui se réunissent en soirée mondaine   nous leur donnerons à manger la cervelle de l'âne   nous toucherons du doigt notre enfance amputée   nous désignerons entre mille l'étoile qui nous protège   le chameau viendra avec nous donner à boire à la gazelle égarée l'aube   et nous retournerons vers la poésie avec des sacs d'oranges   sinon que faire   écrire avec les os que la terre n'a pas encore consommés   cueillir les signes qui restent suspendus entre ciel et terre mais nous refoulons nos désirs le jaune après le mauve le vert après le bleu   nous produisons la fumée et le verbe   résidus du corps   absences   petites natures mortes

nous nous cramponnons à la glèbe qui produit l'herbe dangereuse, l'herbe mauve, le désir, la chose qui échappe à ceux qui nous surveillent.

nous disons aujourd'hui le monde de nos fantasmes, le champ fantastique de nos désirs, le labyrinthe de nos rêves   nous resterons fermés   refusés par décision de l'homme humble né sans enfance sans tendresse   il vous laisse le lustre de la séduction la procréation la famille le commerce l'héritage le profit les maladies la lutte contre la mort la teinte grise l'oubli la main grasse le ventre gros la diarrhée soudaine la mort lente la prière de l'absent.

les enfants les oiseaux brisent les miroirs du ciel   vous vous inquiétez de notre usure mais apprenez qu'il n'y a pas d'usure les enfants les oiseaux défont le texte de votre mémoire détériorent le tissu de vos rêves et amusent les rats qui tournent dans vos corps

quelle violence !   assise sur un tas de ruines !

notre enfance est une vieille femme folle et tendre traversée par un oiseau blessé repêchée quelque part entre la forêt et la rivière par un chameau digne semée ensuite sur terre fertile dans un cœur immense.

le kif est notre alphabet magie de notre pouvoir syllabes lisibles sur notre front lisibles au seuil de l'exil

nous déplaçons le sens de la séance

vous dites ils fument pour oublier nous disons nous fumons pour perturber le kif est notre langue nous parlons le corps comme le poète Nissaboury parle chien Nissaboury téléphone à tous les morts et leur dit taisez-vous bande de salauds je suis un téléphone constamment branché sur les foules

je suis la nuit du Destin je suis Sindibad et son génie revenus à la vie de cyclope

je te trafique un passeport pour mes songes te donne le tartre de mes dents les latrines

et je chie une arme à la main

je suis une série de cavernes où se forgent toutes les mémoires possibles/Nissaboury/Plus Haute Mémoire/1968/Casablanca.

Nous parlons le corps nous vous disons notre destin est une épopée alors pourquoi éluder le corps qui souffre et se perd nous avons déjà entendu les notables de Fass parler des cafés et des hommes : les cafés sont repaire des zouvfris (mot bâtard = insulte voyou = célibataire = ouvrier), il faut donc les fermer ou les raser, on pourra rassembler tous les cafés dans un même quartier (terrain vague ou bidonville) ; quadriller le terrain ;

ficher les zouvfris ; ils n'ont qu'à se détruire s'ils veulent, mais qu'ils ne contaminent pas nos enfants ! après tout le kif est une culture indiquée... ça ravage le cœur et fait des trous dans les poumons... ils sont vicieux les artisans !

Vous n'y êtes pas... Nous sommes près de la terre... Nous avons parlé aux fourmis elles seront des millions à venir grimper sur votre corps pendant votre sommeil votre peau en sera tellement couverte que vous ne pourrez plus respirer votre mort est au bout de l'asphyxie...

Nous sommes les enfants de la terre, les oiseaux de la forêt, le sable de la mer, le bruit de la rivière, l'amour d'une sirène, l'amour d'une gazelle, l'écume du songe, les fiancés de la mer, l'amour de Harrouda, la foule heureuse, la foule qui avance, la cité qui avance

nous sommes les enfants qui parlent aux chameaux et aux fourmis nous sommes l'euphorie généreuse, le rire de l'arbre, nous sommes la progéniture d'une prostituée pure et heureuse nous sortons nus de la Méditerranée et nous faisons semblant de prier...

En attendant apprenez que nous savons nous absenter du monde et rentrer discrètement dans notre espace élu, lieu communautaire à l'abri de la fureur des négociants et des alcooliques... Nous parlons peu... La parole ne transporte pas de mots pour rêver mais des nappes de fumée qui voguent d'un corps à l'autre, effet de quelques notes de musique.

On raconte que si la cité est prise entre deux mers c'est pour permettre l'ambiguïté.

Tanger identifiée au lieu d'un commerce clandestin ; lieu de toutes les légendes ; axe spatial des forbans et des pirates.

On raconte aussi

que le vent manipule ce lieu pour permettre à la nuit de couvrir quelques péripéties

mais

forbans

pirates

espions

traîtres

ne croient plus les contes du vent et des sables ils se méfient et cèdent le lieu aux enfants qui courent devant la vague.

à la tête une femme   une sirène   un symbole

Harrouda
corps végétal
Harrouda est revenue sur les lieux de toutes les trahisons lieux de la contrebande et du kif
quelle légende !
Son arrivée fut annoncée par le chameau qui courait dans toute la ville. Les femmes, de leur terrasse, chantaient. Les enfants désertèrent les classes.

Le patron d'une de ces foires régionales (assez minable pour n'attirer que quelques citoyens de l'Interzone) avait engagé Harrouda pour jouer une dizaine de rôles surprenants et extraordinaires dans un conte légèrement pornographique. (Le patron de la foire — un minable — ne soupçonnait pas qui pouvait être cette femme !) Ainsi Harrouda était Shahrazade distribuant des produits aphrodisiaques aux spectateurs, chikha faisant parler son ventre, femme-serpent bravant tous les symboles, reine trafiquée sous l'effet du hachisch, danseuse et travestie brandissant un pénis en plastique, femme-araignée envahissant les rêves des adolescents, femme-récit... Absente du texte, Harrouda est revenue écrire la parenthèse. Elle a surgi entre deux phrases, au milieu du discours de l'homme-maître de la halqa (cercle qui se ferme autour du conteur). Elle est revenue parce qu'un tendre mystique a répondu à l'annonce parue dans un journal de la ville (en vérité ce n'était là qu'un prétexte) :

« *femme à l'âge interchangeable, ex-sirène de la Méditerranée, veuve de l'Ogre de Fass, maîtresse de l'araignée Kandisha... cherche compagnon et complice pour libérer un territoire, enlever les femmes du harem de Moulay Idriss et dresser les oiseaux du socco chico...* »

Quelques jours avant son retour, on a fait circuler le bruit qu'elle est lépreuse, habitée par le diable et porte malheur à quiconque lui parle ou marche sur son sillage...

Mais la ville était fatiguée des rumeurs...

Harrouda sortit de la bouche du récitant de la halqa (le mystique) : sirène-pin-up, voilée de l'arc-en-ciel ; sa chevelure, enduite d'huile d'argan, brillait au soleil ; son premier rire laissa tomber des pièces d'or ; des personnes se baissèrent pour les ramasser, mais la baguette du récitant les arrêta :

— Je voulus charmer un serpent des Indes, et ce fut Harrouda qui apparut !

Ma baguette a des pouvoirs que je ne soupçonnais pas jusqu'alors !

J'ai une étoile, pas une sirène.

J'ai un trésor, pas une femme.

J'ai une gazelle avec un diamant dans chaque œil...

Je vous conterai l'histoire de Sidna Ali un autre jour ; aujourd'hui je voudrais vous parler de Harrouda, cette femme qui a vécu tous les siècles et connu toutes les métamorphoses ; amante du Pape Sylvestre II qu'elle avait séduit dans les labyrinthes de la Karaouiyine, elle fut ensuite reine d'un empire sous les mers, plus exactement au fond du Détroit de Gilbraltar   reine heureuse mère des enfants et des oiseaux   colombe au service du combattant Abd El Krim   elle revient aujourd'hui interroger le destin   interroger le corps   la parole

— Consommez du miel !

Consommez du miel si vous ne voulez pas devenir des chèvres...

une cuillerée le matin ; une cuillerée le soir...

Tatouez avec du henné un poisson sur chaque fesse.

Teignez le bout des seins avec le safran de Chine.

Oignez d'huile d'olive vos cheveux si vous ne voulez pas devenir des tortues.

Parfumez-vous.

Parfume-toi mon ami... chaque jour a son parfum...

Levez la main gauche et sachez que tout est mensonge

Note

La prise de la parole :

« *Rien à faire : le langage c'est toujours de la puissance, parler, c'est exercer une volonté de pouvoir : dans l'espace de la parole, aucune importance, aucune sécurité.* » ROLAND BARTHES

L'entretien avec ma mère n'est pas imaginaire. C'est un texte vécu, une coupe opérée dans mon écoute ; ce qui n'a pas été sans violence ni sans consentir la sanction qui en découle : une première blessure.

Cette pratique s'est caractérisée par un double mouvement : l'un introspectif et subjectif (il est peut-être faux car je me suis permis un autre je), l'autre est distant.

Il fallait *dire* la parole dans (à) une société qui *ne veut pas* l'entendre, *nie* son existence quand il s'agit d'une femme qui ose la prendre.

Cette prise de la parole est peut-être illusoire puisqu'elle s'énonce dans le langage de l'Autre. Mais le plus important dans ce texte n'est pas *ce* que la mère dit, mais qu'elle ait *parlé.* La parole est déjà une prise de position dans une société qui la refuse à la femme.

La prise de la parole, l'initiative du discours (même si elle est provoquée) est un manifeste politique, une réelle contestation de l'immuable. Dans un contexte où la parole est chose courante, le silence peut être une prise de position. Mais dans le contexte précis où la parole n'est jamais donnée, le silence perd de sa qualité. Le mutisme fait corps avec le décor. Il s'installe dans la nature des choses. Chaque société a un écran où apparaissent les signes autorisés. Tout ce qui est en dehors de ces signes est condamné. Pour notre société l'ensemble de ces signes est un Livre.

Quel statut donner à cette parole ?

Interminée, renouvelée, elle émane d'une durée singulière et en même temps plurielle, car elle est devenue écoute, une écoute répartie sur plusieurs années. Sa rigueur est artificielle. Disons qu'elle n'existe pas. Elle a disparu à partir du moment où on a voulu la saisir et la systématiser. C'est un discours qui au fond ne s'écrit pas et ne peut s'écrire. Et pourtant cette parole est devenue écriture : elle a changé d'espace. Elle a perdu quelque chose dans le passage. Mais c'est une convention que j'ai dû accepter. Je célèbre l'irréalisme de l'écriture. Le réel se maintient dans l'irréversibilité de la parole. La parole a été manipulée. Cet irréalisme apparaît dans des mots et des phrases qui gênent l'écoute.

Cependant il y a eu des « choses » qui ont récusé l'écriture. Elles sont restées inarticulées. La division de l'espace (espace de parole) ne m'appartient pas. Le champ des interprétations se limite et s'enrichit en même temps. La censure, considérée comme réductrice de sens, devient ici révélatrice d'un ensemble de sens.

Le sens de cette prise de la parole :
il est l'énoncé même. Il est l'écoute.
Il n'est pas dans ce qui apparaît sur l'écran/le livre/le réel.
Il est d'ailleurs, dans l'économie d'une violence (l'économie d'un drame).

Itinéraire

DU MÊME AUTEUR

Aux Éditions Denoël

HARROUDA, « Les Lettres nouvelles » (1973), roman.

LA RÉCLUSION SOLITAIRE, « Les Lettres nouvelles » (1976), roman.

Aux Éditions Maspéro

LES AMANDIERS SONT MORTS DE LEURS BLESSURES, *poèmes et nouvelles,* suivis de CICATRICES DU SOLEIL et de LE DISCOURS DU CHAMEAU, « Voix » (1976).

À L'INSU DU SOUVENIR, *poèmes,* « Voix » (1980).

Aux Éditions du Seuil

LA PLUS HAUTE DES SOLITUDES, « Combats » (1977).

MOHA LE FOU, MOHA LE SAGE (1978), roman. Prix des bibliothécaires de France.

LA PRIÈRE DE L'ABSENT (1981), roman.

L'ÉCRIVAIN PUBLIC (1983), récit.

HOSPITALITÉ FRANÇAISE, « L'Histoire immédiate » (1984).

L'ENFANT DE SABLE (1985), roman.

LA NUIT SACRÉE (1987), roman. Prix Goncourt.

JOUR DE SILENCE À TANGER (1990), récit.

LES YEUX BAISSÉS (1991), roman.

LA REMONTÉE DES CENDRES, *poème*. Édition bilingue : version arabe de Kadhim Jihad (1991).

L'ANGE AVEUGLE (1992), nouvelles.

L'HOMME ROMPU (1994), roman.

LE PREMIER AMOUR EST TOUJOURS LE DERNIER (1995).

POÉSIES COMPLÈTES (1995).

Aux Éditions Actes Sud

LA FIANCÉE DE L'EAU, théâtre, suivi d'ENTRETIENS AVEC M. SAÏD HAMMADI, OUVRIER ALGÉRIEN (1984).

Aux Éditions Flohic

ALBERTO GIACOMETTI (1991).

Aux Éditions Arléa

ÉLOGE DE L'AMITIÉ (1996).

Aux Éditions Fayard

LES RAISINS DE LA GALÈRE (1996).

COLLECTION FOLIO

Dernières parutions

2905.	Guy Debord	*Commentaires sur la société du spectacle.*
2906.	Guy Debord	*Potlatch* (1954-1957).
2907.	Karen Blixen	*Les chevaux fantômes* et autres contes.
2908.	Emmanuel Carrère	*La classe de neige.*
2909.	James Crumley	*Un pour marquer la cadence.*
2910.	Anne Cuneo	*Le trajet d'une rivière.*
2911.	John Dos Passos	*L'initiation d'un homme : 1917.*
2912.	Alexandre Jardin	*L'île des Gauchers.*
2913.	Jean Rolin	*Zones.*
2914.	Jorge Semprun	*L'Algarabie.*
2915.	Junichirô Tanizaki	*Le chat, son maître et ses deux maîtresses.*
2916.	Bernard Tirtiaux	*Les sept couleurs du vent.*
2917.	H.G. Wells	*L'île du docteur Moreau.*
2918.	Alphonse Daudet	*Tartarin sur les Alpes.*
2919.	Albert Camus	*Discours de Suède.*
2921.	Chester Himes	*Regrets sans repentir.*
2922.	Paula Jacques	*La descente au paradis.*
2923.	Sibylle Lacan	*Un père.*
2924.	Kenzaburô Ôé	*Une existence tranquille.*
2925.	Jean-Noël Pancrazi	*Madame Arnoul.*
2926.	Ernest Pépin	*L'Homme-au-Bâton.*
2927.	Antoine de Saint-Exupéry	*Lettres à sa mère.*

2928.	Mario Vargas Llosa	*Le poisson dans l'eau.*
2929.	Arthur de Gobineau	*Les Pléiades.*
2930.	Alex Abella	*Le Massacre des Saints.*
2932.	Thomas Bernhard	*Oui.*
2933.	Gérard Macé	*Le dernier des Égyptiens.*
2934.	Andreï Makine	*Le testament français.*
2935.	N. Scott Momaday	*Le Chemin de la Montagne de Pluie.*
2936.	Maurice Rheims	*Les forêts d'argent.*
2937.	Philip Roth	*Opération Shylock.*
2938.	Philippe Sollers	*Le Cavalier du Louvre. Vivant Denon.*
2939.	Giovanni Verga	*Les Malavoglia.*
2941.	Christophe Bourdin	*Le fil.*
2942.	Guy de Maupassant	*Yvette.*
2943.	Simone de Beauvoir	*L'Amérique au jour le jour, 1947.*
2944.	Victor Hugo	*Choses vues, 1830-1848.*
2945.	Victor Hugo	*Choses vues, 1849-1885.*
2946.	Carlos Fuentes	*L'oranger.*
2947.	Roger Grenier	*Regardez la neige qui tombe.*
2948.	Charles Juliet	*Lambeaux.*
2949.	J.M.G. Le Clézio	*Voyage à Rodrigues.*
2950.	Pierre Magnan	*La Folie Forcalquier.*
2951.	Amoz Oz	*Toucher l'eau, toucher le vent.*
2952.	Jean-Marie Rouart	*Morny, un voluptueux au pouvoir.*
2953.	Pierre Salinger	*De mémoire.*
2954.	Shi Nai-an	*Au bord de l'eau I.*
2955.	Shi Nai-an	*Au bord de l'eau II.*
2956.	Marivaux	*La Vie de Marianne.*
2957.	Kent Anderson	*Sympathy for the Devil.*
2958.	André Malraux	*Espoir — Sierra de Teruel.*
2959.	Christian Bobin	*La folle allure.*
2960.	Nicolas Bréhal	*Le parfait amour.*
2961.	Serge Brussolo	*Hurlemort.*
2962.	Hervé Guibert	*La piqûre d'amour* et autres textes.
2963.	Ernest Hemingway	*Le chaud et le froid.*
2964.	James Joyce	*Finnegans Wake.*
2965.	Gilbert Sinoué	*Le Livre de saphir*

2966. Junichirô Tanizaki	*Quatre sœurs.*
2967. Jeroen Brouwers	*Rouge décanté.*
2968. Forrest Carter	*Pleure, Géronimo.*
2971. Didier Daeninckx	*Métropolice.*
2972. Franz-Olivier Giesbert	*Le vieil homme et la mort.*
2973. Jean-Marie Laclavetine	*Demain la veille.*
2974. J.M.G. Le Clézio	*La quarantaine.*
2975. Régine Pernoud	*Jeanne d'Arc.*
2976. Pascal Quignard	*Petits traités I.*
2977. Pascal Quignard	*Petits traités II.*
2978. Geneviève Brisac	*Les filles.*
2979. Stendhal	*Promenades dans Rome.*
2980. Virgile	*Bucoliques. Géorgiques.*
2981. Milan Kundera	*La lenteur.*
2982. Odon Vallet	*L'affaire Oscar Wilde.*
2983. Marguerite Yourcenar	*Lettres à ses amis et quelques autres.*
2984. Vassili Axionov	*Une saga moscovite I.*
2985. Vassili Axionov	*Une saga moscovite II.*

Impression Bussière Camedan Imprimeries
à Saint-Amand (Cher),
le 2 juillet 1997.
Dépôt légal : juillet 1997.
1er dépôt légal dans la collection : août 1988.
Numéro d'imprimeur : 1/1664.

ISBN 2-07-038069-6./Imprimé en France.
(Précédemment publié par les Éditions Denoël
ISBN 2-207-28175-2.)

83042